打工吧！魔王大人 16

和ケ原聡司
插畫■029
Satoshi Wagahara
Illustration■Oniku

Kadokawa Fantastic Novels

CONTENTS

16

Satoshi Wagahara
Illustration ■ Oniku

和ヶ原聡司

插畫 ■ 029

打工吧☆魔王大人

Kadokawa Fantastic Novels

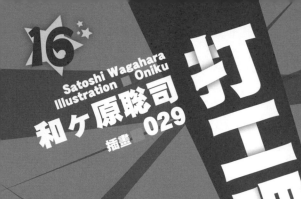

魔王，變軟弱了

從某處傳來的狗叫聲劃破夜晚。

路上車影稀疏，不僅沒有人影，就連隻野貓也看不見。

只要一走進小路，就只剩下昏暗的路燈，交通號誌在空無一人的十字路口，對著虛空閃爍不可靠的三色光芒。

凌晨一點。

東京都澀谷區笹塚的街道，彷彿正將逝去的昨日收進眼底，為迎接明日而沉睡。

在那當中，一名男子縮著身體騎著自行車，一臉倦怠地踩著踏板回家。

在一切都陷入沉睡的街道中，只有男子和自行車像是在追著已然逝去的昨日，以不穩定的方式前進。

男子不論身心都非常疲憊。

他的呼吸聲、自行車運轉的聲音，以及後輪偶爾響起的圓盤煞車聲與周圍格格不入。

只有遠處的狗叫聲、行駛在甲州街道上的汽車喇叭聲，以及蹂躪街道的寒風掠過耳邊的聲音是夜晚的居民。

這些聲音明明存在卻不會映入任何人的眼簾，但又確實圍繞著男子，進一步從他原本就疲憊不堪的身心奪走更多的氣力。

即使如此，男子還是在黑暗的彼端找到自家的身影，絞盡最後的力氣踩著踏板。

就算現在完全感覺不到有人生活的氣息，那裡對男子來說仍是應該回去的安穩的家。

男子大口吐著稀薄的白色氣息停好自行車，鞭策一到家門前就突然變得沉重的身體，開始爬上公寓外的公共樓梯。

寒冷的冬天夜晚讓扶手變得像冰那麼冷，一走進公共走廊，就發現房門的門把也一樣。

冬天似乎非要從男人身上奪走所有的力氣才肯罷休。

快壞掉的日光燈發出臨終前的嗡嗡聲，陰暗的公共走廊和面對走廊的玄關，都感覺不到人的氣息。

用凍僵的手試了好幾次後，男子總算順利將鑰匙插入其中一扇寫著「二〇一」的玄關門，將門開啟。

被走廊老舊的日光燈照亮的室內，是間乏味的三坪大房間。

房間裡看不到任何家具或擺設，男子拉了一下吊燈的拉繩，在圓形日光燈照亮的室內，只有房間角落放了「一疊東西」。

「已經一點啦……」

男子透過脫下的手錶確認時間，在看了房間中央的榻榻米一眼後，立刻別開視線。

「明天會很累，還是早點睡好了。」

將手錶放入口袋後，男子脫掉外套，用衣架吊在窗邊，然後在氣溫和外面差不多的室內顫抖地脫下身上的其他衣服。

他邊脫邊從壁櫥裡拿出當成睡衣用的整套汗衫，急忙換上果然同樣冷到極限的衣物。

「唔～好冷。」

嘟囔了一聲後，男子將手機插上充電器。他站在老舊的廚房前，將慣用的水壺裝滿放到瓦斯爐上加熱。

接著男子從水槽旁邊拿起一個像橢圓形龜殼的東西。

龜殼狀物體有個旋轉蓋，等水壺像是為了突顯室內的寒冷般開始冒出熱氣後，男子興沖沖地將煮沸的熱水倒進龜殼——亦即熱水袋裡。

「好燙、好燙。」

男子擦著因為沒倒好而稍微從注水口溢出的熱水，將熱水袋裝進手工縫製的束口袋裡。

然後——

「唯一的救贖，真的就只剩這個了。」

男子開始鋪被褥。

沒錯，他在鋪被褥！

由墊褥、毛毯和棉被組成的一套被褥！

「唔……啊……唔呼呼……」

男子抱著熱水袋，邊呻吟邊鑽進新棉被裡。

雖然棉被的表面也和室溫一樣冰冷，但仍逐漸因為熱水袋和男子本身的溫度變暖。

不過即使冰冷的身體開始獲得舒緩，他的內心依然冰冷地緊閉。

這棟公寓的這間房間，直到不久之前都還是個非常熱鬧又明亮的場所。

男子有同居的夥伴，無論他多晚回家，那個人都會為了舒緩男子因工作疲憊的內心，和溫暖的料理一起在這裡等待。

所有的住戶都彼此認識，客人也很多，許多人經常在這個房間圍著同一張餐桌吃飯。

即使沒有任何暖氣設備，這個房間依然曾是個非常溫暖的房間。

但現在只剩男子一人。

既沒有熱鬧的餐桌，也沒有做料理的道具。

冰箱裡只剩小黃瓜、蒟蒻和牛奶，而冰箱之所以插電，還是為了避免牛奶被不知為何比外面還低的室溫凍結。

過去溫暖這個房間的事物，現在幾乎都已經前往離男子非常遙遠的地方。

取而代之的是這套被褥。

男子本人早就對這個狀況有所覺悟。

他現在切身體會到那份覺悟有多麼天真。

誰也不會來拜訪他。

誰也不會等待他。

誰也不會替他做飯。

誰也不會呼喊他的名字。

前不久還在這個房間的所有事物，現在都不在了。

「蘆屋、漆原。」

男子輕聲呼喊其他人的名字。

「惠美、阿拉斯・拉瑪斯、鈴乃。」

在棉被裡，這些呢喃只有傳進男子自己的耳裡。

「小千……」

從總算變暖的身體吐出的白色嘆息，瞬間在房間內消散。

「……我覺得有點寂寞。」

為了取得送女兒的生日禮物，之後將面臨一場戰鬥。然後為了順便討伐神，將至今一直與自己共同生活的同居人和大部分的家庭用具都移動到遙遠的異世界「聖十字大陸安特・伊蘇拉」的真奧貞夫，以相當認真的語氣如此嘟囔。

※

比起人類的未來或世界的存亡，還是唯一的「女兒」的願望比較重要。

真奧貞夫和遊佐惠美的判斷，簡單來講就是如此。

以只能用突然來形容的方式，降臨到過去水火不容的魔王和勇者之間的「女兒」，阿拉斯・拉瑪斯。

即使三人沒有血緣關係，但姑且不論「夫婦之間」如何，至少「親子之間」的羈絆是貨真價實的。

無論是大天使萊拉花費數百年或甚至數千年進行的準備，或是安特・伊蘇拉即將面臨的危機，都完全無法打動真奧或惠美。

身為惡魔的真奧沒理由拯救人類，即使過去曾被稱為勇者，也不代表惠美有義務拯救安特・伊蘇拉。

兩人身邊那些珍惜他們的人們，也非常清楚這點。

所以無論萊拉再怎麼勸說，或是背後似乎與萊拉有複雜關連的加百列再怎麼催促，真奧與惠美身邊的蘆屋四郎、漆原半藏、鎌月鈴乃和佐佐木千穗——

「你們應該拯救安特．伊蘇拉的人類。」

都沒有對他們這麼說。

不過就結果而言，在流血辛苦戰鬥過後終於在日本獲得安居之地的所有人——包含千穗在內的所有人，還是下定決心參加「就結果而言」將拯救安特．伊蘇拉人類的「滅神之戰」。

這絕對不是基於想要拯救世界或人類的崇高理念。

大家都是因為想要實現僅僅一位可愛的少女，所懷抱的微薄又天真的願望，才會基於喜愛少女的心情，下定決心投身戰鬥。

『想和「王國」、和大家見面。』

在阿拉斯．拉瑪斯首次於日本過聖誕節之前，真奧等人聚在一起討論要送她什麼禮物。

然而阿拉斯．拉瑪斯只想和過去的同胞、重要的朋友或是心愛的家人重逢。

從守護安特．伊蘇拉人類的生命之樹誕生的聖珠——質點之子，阿拉斯．拉瑪斯想再次見到的「大家」，是被天界囚禁的那些「基礎」與「嚴峻」以外的質點之子，若想實現她的願望，就等於必須參加萊拉和加百列期待的「滅神之戰」。

魔王、勇者與夥伴們現在聚集在一起，只為了一個目的。

那就是實現愛女的願望。

他們才不管安特・伊蘇拉的人類。

魔王、勇者與夥伴們之所以再次踏上必須賭命戰鬥的舞臺，就只是為了阿拉斯・拉瑪斯。

※

「我當然是有做好賭上性命的覺悟。現在也一樣。」

因為從窗戶射進來的冬天曙光皺起眉頭的真奧緩緩起身。

他看向時鐘，現在是清晨六點半。

儘管天亮的時間已經比之前早很多，剛起床的寒冷還是讓人吃不消。

因為現在有至今一直堅持不買的棉被，所以早上起床時的辛苦變得筆墨難以形容。

明明之前不買棉被的理由是因為覺得買了就會回不去安特・伊蘇拉，結果在變得能夠回去後反而陷入不得不買的狀況，這點也很諷刺。

要捨棄這股溫暖接觸寒冷的空氣，需要相當的決心和勇氣。

「在這裡睡覺連早餐都無法好好吃……啊啊啊！嘿咻！」

雖然真奧還拖拖拉拉地窩在棉被裡，但因為上班時間快到了，他重新鼓起僅存的少數幹勁脫離棉被。

「啊～好冷好冷好冷這真的會死人拜託饒了我吧啊啊啊啊啊！」

儘管原本模糊的睡意瞬間煙消雲散，但相對地血壓也上升到可能引發熱休克的程度。

話雖如此，不管再怎麼怒吼，這個房間都沒有暖氣設備，真奧邊抱怨邊像昨晚那樣將水壺裝滿水加熱，將手置於水壺上方等待水沸騰。

「對不起，阿拉斯．拉瑪斯……爸爸，似乎有點沮喪。」

真奧為自己軟弱的內心，向不在此處的「女兒」道歉。

他搓著手腳，環視空蕩蕩的三坪大房間，回想事情為何會演變成現在這種狀況。

統治天界的「神」，天使們的首領，伊古諾拉。

如果想抵達她的所在地，當然就必須前往天界，但現在天界不知為何無法直接透過「門」連接。

雖然不曉得是兩邊都無法互相往來，還是單純不能從安特．伊蘇拉或地球前往那裡，但總之如果真奧等人想前往天界，就必須從安特．伊蘇拉的地表航行到天界……也就是被天使們當

成基地的藍色月亮。

而他們需要的「太空船」，正是真奧過去為了鎮壓安特·伊蘇拉而建造、目前正屹立在安特·伊蘇拉中央大陸的魔王城，但他們發現若想讓魔王城恢復到能進行太空航行的狀態，還少了幾樣東西。

四樣「大魔王撒旦的遺產」。

被稱為魔劍的「諾統」。

過去由惡魔大元帥亞多拉瑪雷克使用的「亞多拉瑪雷基努斯的魔槍」。

被記載為禁術流傳下來的「偽金的魔道」。

現代絕對無法精製出的高濃度能量結晶體「阿斯特拉爾之石」。

儘管真奧等人必須找出合稱「諾亞齒輪」的四樣遺產，但除了知道魔槍以外的三樣遺產都在魔界外，他們完全不曉得那些遺產的下落。

雖然魔王的代理人卡米歐正全力在魔界各地搜索劍、魔道與能量，但這些都不是能馬上找到的東西。

這段期間在安特·伊蘇拉中央大陸，人類與惡魔的聯合隊伍也在整頓魔王城和搜索倖存的惡魔，避免不曉得狀況的勢力插手。

人類方派出了據說在西大陸擁有的發言力僅次於聖·埃雷皇室的海瑟·盧馬克將軍和勇者

的夥伴艾伯特・安迪。

惡魔方派出了和質點之子們有所關連，同時也與知道真奧在日本的狀況的人類千穗關係良好的馬勒布朗契族的年輕頭目，法爾法雷洛。

這三人在現場擔任指揮，以「拆除魔王城和殲滅惡魔餘黨」的工作為掩護，展開「人魔合同的滅神作戰」。

儘管人類和惡魔們只在限定的範圍內暫時合作，但這在幾年前根本是不可能發生的事情，如果只就這點來看，那的確算是一種跨越種族的和平狀態。

不過這個和平狀態不僅範圍有限，還是奠基於極為私人的關係，這個和平狀態之所以能夠維持，是因為世界上大部分的國家和人民都不知情，而且就算告訴他們也無法獲得諒解。

如果不討伐住在月世界的神明，遍布這個世界的聖法氣將在不遠的將來消滅，人類也會跟著滅亡，這種荒唐無稽的事情，究竟有誰會相信。

而且要是有人認真地說這個消息是來自聖典內記載的天使，就連在激戰後抵達異世界的魔王和勇者都為了相同的目的攜手合作，一定會被懷疑精神是否正常。

所有人都想盡快在「魔王軍消失後」的世界完成復興，以便在新秩序中取得優勢，這樣的權力遊戲正在安特・伊蘇拉如火如荼地進行當中。

如果這項作戰在這個階段就被相關人士以外的人發現，有些國家或許會只將焦點放在與惡

魔聯手的部分，為全世界帶來新的紛爭。

如今在人類世界，光是「勇者」的存在就已經夠讓人感到棘手，世界甚至還一度想背叛勇者。

目前指揮官的人數十分充分，託蘆屋、漆原、鈴乃和艾美拉達的福，人類與惡魔也合作得非常順利。

結果就是現在的指揮系統無可挑剔，即使天界突然來襲也有加百列和萊拉，以及在安特・伊蘇拉就能夠發揮所有實力的蘆屋和漆原在。

簡單來講，與其說真奧貞夫和遊佐惠美沒必要留在現場，不如說他們留在那裡只會給人添麻煩。

實力強悍的人光是聚集在同一個地方就會引人注目。

真奧認識的都是和西大陸有關的人，但這次透過蘆屋的關係，東大陸那裡也派了許多人員過來。

照理說西大陸第一大國，神聖・聖・埃雷帝國的近衛將軍兼五大陸聯合騎士團總帥的海瑟・盧馬克，以及勇者的夥伴艾伯特・安迪和艾美拉達・愛德華，不可能沒有任何理由就到中央大陸出差。

在東大陸的精兵集團「八巾騎士團」也抵達後，那裡更是顯眼得不得了。

關於東大陸之前妨礙中央大陸復興的事情，西方和東方正在反覆議論尋找妥協點，北大陸、南大陸和西大陸的諸國也相信了這個藉口。

即使如此，為了盡可能不要吸引他國的關注，盧馬克、艾伯特、艾美拉達和八巾的將帥們還是辛苦地調整行程，避免彼此停留在中央大陸的時期過度重疊。

畢竟除了曾去過異世界日本的鈴乃和艾美拉達等人以外，在東大陸就只有統一蒼帝與其麾下的部分八巾騎士團將帥知道這個作戰。

西大陸只有盧馬克麾下的近衛騎士和法術監理院的法術士、部分隸屬訂教審議會的聖職者、聖·埃雷皇帝與皇太子，以及教會的最高決策機關六大神官知情，北大陸和南大陸則是徹底被排除在外。

要是長相廣為人知的惠美，以及會讓許多惡魔必須行禮的真奧留在現場，那單純只會礙事。

「有必要時會叫你們，在那之前就先在日本正常生活吧。」

無論在西方、東方還是惡魔方面都人面很廣，這次作戰唯一的調停者鎌月鈴乃如此主張。

「千穗小姐也正值明年必須參加考試的重要時期。單趟四十分鐘，來回一小時二十分，對高中生來說實在太遠了。不能讓千穗小姐花太多時間在學校和打工以外的地方。雖然不至於禁止她來，但還是必須和二〇一號室時那樣，請她遵守最低限度的底線。而且……」

最後鈴乃像是在揶揄真奧般，以略帶寂寞的笑容說道：

「讓你留在日本，千穗小姐也會比較安心吧。」

儘管內心有許多意見，但真奧完全無法反駁這句話。

真奧一開始就不太贊成讓千穗去安特·伊蘇拉協助他和惠美。

事到如今，也不能說千穗和安特·伊蘇拉沒有關係，但讓沒有戰鬥能力、只是普通高中生的千穗參加這場甚至能夠左右世界命運的戰鬥，還是讓真奧非常不安。

但令真奧意外的是，除了他以外的所有人不僅沒反對千穗去安特·伊蘇拉，甚至還對她表示歡迎。

「我早就想帶千穗去一次安特·伊蘇拉了！」

「沒錯。請千穗小姐務必來參觀我們的故鄉。」

「如果時間允許～～也請一定要來聖·埃雷帝都～～」

惠美、鈴乃和艾美拉達都舉雙手贊成。

「這也沒什麼不好。除了那些天使以外，現在的安特·伊蘇拉沒有會危害佐佐木小姐的勢力，只要別離魔王城太遠，就能讓我們和馬勒布朗契保護她。」

「應該沒什麼關係吧？佐佐木千穗也不是笨蛋，只要叫她別去危險的地方，她應該也懂得自我節制吧。」

蘆屋和漆原也不反對。

實際帶千穗去安特．伊蘇拉後，或許是艾美拉達已經事先交涉過，海瑟．盧馬克總是會派人跟在千穗身邊，雖然真奧不曉得原因，但法爾法雷洛也在他下令之前就主動表示願意擔任千穗的護衛，所有人都積極保護千穗到讓她覺得不好意思的程度，最後真奧的擔心完全是杞人憂天。

就結果而言，因為惠美也不能在現場表明自己的身分，所以通常都是和千穗一起行動，這樣的陣容別說是銅牆鐵壁了，幾乎已經達到防核避難所的等級。

就像以前在二〇一號室時那樣，千穗駕輕就熟地在放學後帶著慰勞品前往異世界，和逐漸變熟的惡魔與人類們聊天，並在不算太晚的時間返回笹塚，她已經完成了這樣的行程好幾次。

相較之下，反而是真奧這邊的問題比較嚴重。

就像鈴乃說的那樣，「單程要四十分鐘」。

這對真奧現在的生活造成相當的負擔。

「今天回去那邊好了……畢竟六點就下班了……啊，可是去完澡堂後可能就快九點了。」

惠美原本就是一個人住在永福町。

鈴乃也是原本就獨自住在二〇二號室。

但真奧從一開始就是和蘆屋一起生活。

早在日本生活的初期階段，真奧和蘆屋就做好了分工，各自負責工作與家事，而蘆屋也完美地克盡了自己的職責。

不過現在蘆屋要在安特·伊蘇拉指揮惡魔和八巾騎士團，生活據點也移到了安特·伊蘇拉，因此真奧如果想繼續受惠於他的家事能力，除了在下班後返回公寓以外，還得再透過「門」航行四十分鐘。

至於必須先回家才能使用「門」的理由，單純只是因為若在熟人多的笹塚街上使用，或許會被人看見，不過真奧的班表絕妙地嚴苛。

真奧工作的麥丹勞幡之谷站前店，位於從Villa·Rosa笹塚騎自行車要花五～六分鐘，徒步要十五分鐘的位置，真奧的班表也是以此為基準安排。

所以才能做到前一天工作到打烊，隔天早上一開店就開始上班的壯舉。

不過要是加上單程四十分鐘的通勤時間，那這個行程表馬上就會變得非常嚴苛。

如果真奧在店裡待到打烊，最快也要晚上十二點四十分才能回到公寓。

等透過「門」抵達安特·伊蘇拉時，已經是日本時間的凌晨一點二十分。

之後要是再吃個宵夜什麼的，就要拖到兩點才能睡。

然而若隔天必須一開店就開始上班，真奧最晚早上六點半就得在店裡。

這麼一來就會變成明明兩點才睡，卻五點就必須起床，否則沒有時間吃早餐或慢條斯理地通過「門」。

再加上姑且不論真奧原本是不是舊世界的人類，他現在終究是惡魔，所以無法像千穗或梨香那樣使用天使的羽毛筆。

如果將使用天使的羽毛筆穿越「門」比喻成搭新幹線，那用「法術」通過「門」的真奧，就等於開著快壞掉的小客車在高速公路上行駛相同的距離。

因為無法在施展法術的期間打瞌睡，所以考慮到排班，他實在無法返回安特．伊蘇拉。

這麼一來即使他想吃宵夜，也只能在麥丹勞買員工餐、去深夜仍有營業的便利商店購買，或是利用少數沒被帶去安特．伊蘇拉的廚具自炊。

「要洗的衣服愈積愈多。可惡，雖然浪費錢，但只能去自助洗衣店了。」

真奧看著累積的待洗衣物和時鐘，迅速在腦中回想錢包內剩多少錢。

蘆屋不在造成的負面影響並不限於三餐和睡眠時間。

所有家事都陷入停擺。

雖然真奧本來也打算有想到就要盡量做家事，但因為無論如何都必須以工作和安特．伊蘇拉的事情為優先，所以廚房的木質地板角落、廁所的地板和窗戶的窗框都在不知不覺間積了一層薄薄的灰塵。

如果連續上整天班，就會很難在白天曬衣服，所以真奧已經有好幾次，都是利用自助洗衣

店的烘衣機來烘乾累積的衣服。

真奧剛來日本時，就切身體會到這是一種極為奢侈的行為，他甚至還夢見只要自己一投百圓硬幣進烘衣機，就會聽見蘆屋抱怨的幻聽。

宿敵惠美的刀刃變鈍，人類和天使也不再構成威脅，即便現在魔王撒旦已經不像以前那樣失去魔力，處於和平又萬全的狀態，現在名為真奧貞夫的人類男子依然被迫面對前所未有的不便狀態。

在這種時候，經常透過帶料理或幫忙做家事來協助真奧的千穗，究竟在做什麼呢？

其實早在作戰的初期階段，千穗就改成只有在必須使用「門」時才會來二〇一號室。

理由當然是因為真奧已經變成一個貨真價實的「獨居男子」。

儘管千穗常來二〇一號室的動機，是基於對真奧的感情，但那也是從漆原和鈴乃入住這棟公寓後才開始。

雖然只是結果論，但對千穗而言，二〇一號室除了是真奧的家以外，同時也是「朋友們聚集的場所」，這也是她頻繁出入這裡的正當理由。

一旦真奧真的開始獨自生活，狀況就變得不一樣了。

至今即使二〇一號室只有男性，能將那裡的聲音聽得一清二楚的二〇二號室也總是有鈴乃在。

不過現在別說是二〇一號室了，整棟公寓經常只有真奧一個人在。

說白一點，按照社會的一般常識，穿著制服的高中女生頻繁出入獨自住在破舊公寓的打工族男性的房間，實在不是值得讚許的狀況。

實際上，千穗也曾因為這件事被人從日本常識的觀點說教過。

因此無法阻止千穗前往安特．伊蘇拉的真奧，像是為了對此做出抵抗般加上的條件，就是不能讓二〇一號室出現只有真奧和千穗在的狀況。

在千穗使用「門」的時候，如果是從Villa．Rosa笹塚出發，就要和鈴乃或惠美一起行動，如果兩人沒空，就要從自己家裡的房間出發。

雖然周圍那些非常了解真奧和千穗關係的人，都覺得事到如今才加上這種限制沒什麼意義，但真奧唯獨對此不願退讓，千穗也坦率地答應了這個條件。

「畢竟分寸是很重要的。」

之所以在看見那道直率的笑容後感到愧疚，大概是因為真奧才是至今遲遲未對早就該回覆的事情做出「了斷（註：原文為けじめ，同時有分寸和了斷之意）」的人吧。

話雖如此，蘆屋、漆原、鈴乃、諾爾德和萊拉也不是完全不會出現。

雖然蘆屋在安特．伊蘇拉的職責讓他無法輕易回來，但鈴乃每隔兩三天就會和漆原輪流回來，照料不知從何時開始出現在後院的家庭菜園。

儘管已經減少排班，但現在已經被當成麥丹勞幡之谷站前店主力的惠美在必須上整天班，需要找人照顧阿拉斯・拉瑪斯時，鈴乃和諾爾德也會回來。

不過即使如此，只有在店裡上班時才有機會和別人說話的日子，還是遠比以前要來得多，這讓真奧重新體會到自己這段日子認識的人們有多麼溫暖。

總而言之，在首次體驗到遠比之前平靜又缺乏變化的獨居生活後，過了一個月的早晨——

「真奧！真奧！喂！」

「……」

從玄關外傳來的不帶感情的敲門聲，讓真奧像是發自內心感到厭惡般皺起眉頭。

「你今天也是從中午就要去參加研修吧！是從幾點開始！」

「……我要在店裡待到午餐時段結束，所以下午一點才會移動。」

真奧幾乎是自言自語地低喃，但在門外吵鬧的存在還是靠她的順風耳確實地聽見了。

「好耶！這樣只要拜託小美早點吃午餐就來得及了！我今天要去新的吃到飽餐廳。」

「……那真是太好了……」

「再見啦！」

門外的氣息還沒看見真奧發自內心扭曲的表情，就吵鬧地離開了。

「雖然不曉得是誰針對質點確立了這個叫宿木的系統，但真想揍他。」

因為許多原因，如今只有一個人還是一樣留在真奧身邊，那就是對真奧完全不懂什麼叫「謙虛」或「體貼」的存在，艾契斯・阿拉。

一試著想像對新餐廳充滿期待的艾契斯悠哉的笑容，真奧就覺得理應空無一物的胃變得莫名沉重。

在麥丹勞幡之谷站前店工作到下午一點後，真奧搭京王新線從幡之谷前往新宿。

真奧在前往正式職員錄用研修會場的路上，向恢復融合狀態的艾契斯搭話。

「結果那間新的吃到飽餐廳後來如何？」

『咦？你願意再帶我去嗎？』

真奧直到現在都還無法習慣艾契斯跳躍的邏輯，而且之前帶她去的人明明是幫忙照顧她的Villa・Rosa笹塚房東志波美輝，為什麼會變成真奧要「再次」帶她去呢？

「……」

『開玩笑！開玩笑的啦！真奧！要讓內心保持餘裕！』

或許是察覺精神狀態不佳的真奧開始不耐，艾契斯比平常還早做出稱不上補救的補救。

真奧的內心之所以沒有餘裕，艾契斯無疑要負非常大的責任。

測。

艾契斯不僅貪吃，對真奧也完全不客氣，她毫不掩飾自己有多厚臉皮，行動也根本無法預

艾契斯是阿拉斯·拉瑪斯的妹妹，所以挑起滅神之戰實現阿拉斯·拉瑪斯的願望，對艾契斯來說也是件好事。

不過這幾天心情不佳的真奧，開始覺得如果當初乘著黃色蘋果降臨在公寓庭院的是艾契斯，那別說是答應萊拉的要求了，應該連父女關係都不會成立。

真奧重新體認到兩人真的是對除了外表以外一點都不像的姊妹。

『我想想，那是間主打肉類料理的店。』

「以肉食為主的吃到飽餐廳，妳該不會大白天就跑去燒肉店吧？」

處於融合狀態的艾契斯的聲音只會在真奧腦中響起，周圍的人聽不見。

不過真奧必須實際說出口，才能將意思正確地傳達給艾契斯，所以看在旁人眼裡，可能會變成一幅穿著套裝的年輕人，在對空無一人的地方反覆自言自語的危險景象。

再加上真奧最近的表情有點陰沉，如果不像現在這樣把手機抵在耳邊假裝打電話，別說是有人會報警了，他甚至還可能被拘捕。

『哎呀。我之前吃太多，所以附近的烤肉吃到飽餐廳都已經禁止我光顧了。』

「真的假的。」

雖然真奧不知情，但平常幫忙照顧艾契斯的志波姪女大黑天禰，在帶艾契斯去吃到飽餐廳後，甚至還遇過平常只會出現在電視的大胃王節目裡的「店長喊停」。

如果讓艾契斯在烤肉店那樣大吃，就算被禁止光顧也是無可奈何。

『雖然是以鐵板漢堡排和牛排為主，但只要支付額外費用，也能無限享用飲料、沙拉、湯品、咖哩和甜點。』

「姑且不論飲料和湯品，連沙拉、咖哩和甜點都有也太豐富了吧。有提供白飯嗎？」

『當然有！白飯也是吃到飽。』

「喔，妳還記得店名嗎？」

『店名？是叫什麼來著？好像是叫Big Guy還是Giant Boy……不過為什麼突然問這個？你平常明明都說我吃太多沒規矩或是浪費錢。』

「嗯，剛好有點事。」

真奧對著耳邊的手機說完後，用艾契斯剛才講的資訊搜尋店家。

用艾契斯記得的片斷店名和咖哩吃到飽當關鍵字搜尋後，馬上就找到一間連鎖餐廳。

「這裡啊。多付一點錢就能享用飲料吧、沙拉、每日湯品、咖哩和甜點的自助吃到飽啊。真可惜。雖然這價格很有魅力，但比較接近家庭餐廳呢。」

『你在說什麼啊？』

「其實參加這次正式職員錄用研修的成員們，最近想辦一場聯誼會。雖然還沒決定具體的日期，但大家正各自提出推薦的店家。所以我在找可以利用的餐廳。」

『唔哇，那是怎樣，感覺好麻煩。』

艾契斯不知為何，突然發出明顯感到厭惡的聲音。

『這就是那個吧？必須幫上司倒啤酒和聽沒必要的說教，在被只會拍上司馬屁的無能同事隨意使喚後，明明不擅長喝酒還要被灌到爛醉，隔天早上又要被嫌棄「現在的年輕人真沒用」，重點是還沒有薪水領，這根本是在浪費人生吧？』

「妳到底是從哪裡學來這些東西？」

感覺真奧似乎加重了腳步，搖頭說道：

「妳明明就不曉得實際狀況，別說那種像是漆原會說的話啦。誰知道這種事將來會不會派上用場。視情況而定，我或許還會和其中的某些成員一起當上正式職員，除非刻意想要疏遠他們，否則參加聯誼會或酒會也不會有損失。」

『話雖如此，你還是提不太起勁吧？』

「……我無法完全否認。」

真奧難得對工作的事情展現消極的態度。

儘管不到心靈相通的程度，但真奧知道艾契斯在處於融合狀態時，能在某種程度上看穿他的感情。

「雖說是正式職員錄用研修，但每個人的狀況都不盡相同，有些人跟我一樣原本是在分店負責接客，但也有人是來自漢堡麵包的加工廠，或是從其他行業轉職過來。錄用研修的內容也包含去新開的分店參加新人研修，雖然現在參加店鋪研修對我來說沒什麼意義，但還是覺得和那些人喝個一次酒也不錯。」

『嗯嗯。』

「我的確想聽加工廠或其他行業的事情。其中一位成員以前還當過自衛官。雖然對方還很年輕，但我對他過去的人生經歷有點興趣……可是這次的聯誼會，總覺得性質有點不同。」

『什麼意思？』

「提議舉辦聯誼會的傢伙，是一個二十幾歲的男性，他來自和幡之谷站前店不同的區域。而且那傢伙該怎麼說才好，總之就是表現得太明顯了。」

『什麼啦，難得聽你講話這麼不清不楚。』

「唉，他是個相當有幹勁的人。不僅擁有強烈的上進心，在分組活動時也積極地發言，那傢伙只要有機會就想帶動大家，明明研修還沒辦過幾次，人員的流動也很頻繁，他還是要提議舉辦聯誼會。我也不曉得該怎麼形容，該說他沒有相對應的實力，還是實際做起來沒嘴巴上說得那麼厲害呢。」

此外他還有另一個問題，那就是明明能力普通，卻喜歡對大家擺出前輩的架子。

實際上這樣的個性，也為他招致了大家的反感，真奧也不得不承認自己不擅長應付這種人。

話雖如此，麻煩的是他也不是真的完全沒有工作能力。

真奧敬愛的上司木崎真弓，曾說過正式職員需要的並非只有在前線戰鬥的能力。

實際上那個人的確有努力想將這些來自不同地方的人們聚在一起，建立一定的秩序，而且愈大的組織，就愈需要這種能力。

『那不就好了？你也能理解他為什麼這麼做吧？』

「前提是那傢伙的目的，真的是促進大家的交流。」

『啊？』

「我們那群人裡，有一個可愛的女孩子。妳應該也見過她幾次……」

『啊？真奧又找到犧牲者了？』

「……」

『……你的反應真無聊。』

因為真奧毫無反應，所以艾契斯像是真的覺得無趣般低喃道：

『就是那個人吧。叫楠木還是正成的女孩。』

「是楠田小姐。」

艾契斯之所以會認識和真奧的正式職員錄用研修有關的人，單純只是因為他參加研修時，她都和真奧處於融合狀態。

「擔任主辦人的傢伙，明顯是想接近楠田小姐。在進行分組活動時，他也總是黏著楠田小姐。」

『簡單來講，那個擔任主辦人，叫什麼足利還是後醍醐的傢伙喜歡楠田嗎？』

「……是新田啦。妳不記得名字就別勉強亂猜啦。」

真奧突然有點好奇艾契斯平常在志波家，到底都在看什麼東西。

『新田真是沒眼光呢。楠田那怎麼看都是在裝乖！雖然乍看之下是和千穗一樣成熟穩重的好女孩，但她單純只是擅長擺布男人而已。我曾經在研修所的洗手間聽見楠田說別人的壞話。千穗絕對不會做那種事。』

「喂，研修所的洗手間是什麼意思？」

艾契斯的話裡藏了太多爆點，讓真奧大吃一驚。

『在第二次參加研修時，你不是曾經嫌我太吵害你無法集中精神，所以就和我分離，給我零用錢要我自己去外面找東西吃嗎？我當時有在研修大樓裡散步一下……』

「妳到底在搞什麼啊。」

雖然印象中的確有發生過那樣的事情，但真奧那天應該是要去以前參加麥丹勞咖啡師的研修時也曾拜訪過、現在亦充當錄用研修場所的大樓高層進行面談。

在只有穿西裝的上班族往來的商業大樓中，要是突然出現一名銀髮紫瞳、而且還穿著便服的中學生少女到處亂晃，應該會很顯眼吧。

「唉，總之就是因為這樣，我實在提不起勁。感覺自己好像被人巧妙地利用了。」

『這種事也是必要的吧。除非你想刻意疏遠他們。』

「……是啊。」

艾契斯巧妙地反將真奧一軍，後者聳肩回應。

『不過我說真奧啊。』

「嗯？」

『居然會跟我抱怨這種事，看來你的狀況真的很差。』

「……！」

真奧忍不住當場停下腳步。

白天的新宿站西口人潮非常多，儘管嫌麻煩地看向突然停下腳步的真奧，路人們依然默默地從他旁邊走過。

『雖然最近艾米和千穗都很少來公寓，蘆屋、路西菲爾和鈴乃也很少回家，但你有這麼寂寞嗎？』

自己有軟弱到讓艾契斯說這種話的程度嗎？

不對，自己有彷彿理所當然般的表現出軟弱的一面嗎？

真要說起來，自己真的有因為這種事變軟弱嗎？

從過年前後那段時期以來，真奧周圍的環境確實產生了激烈的變化。

平常覺得在身邊是理所當然的事物，全都消失無蹤。

不過就像艾契斯說的那樣，那些事物並非完全消滅了。

真奧平常會在店裡見到惠美和千穗，漆原和鈴乃也會定期回來，真奧不僅會私下和蘆屋聯絡，也曾自己返回安特．伊蘇拉。

真要說起來，這個狀況也才維持了約一個月。

然而真奧完全沒想過他居然會陷入被艾契斯如此評論自己的工作和感情的狀況。

「……唉。」

『嗯。』

「坦白講，我已經吃膩外食了。」

真奧盡全力逞強，艾契斯像是覺得開心般笑道：

『真不坦率。』

坦白講，過年前後那段時期發生的變化，和與惠美戰鬥後逃到日本時的狀況相比，根本就微不足道到連拿來比較都顯得愚蠢。

不過無論是好是壞，環境的變化果然還是會對「人類」造成壓力。

真奧將滅神之戰的期限，訂在「阿拉斯．拉瑪斯的生日」之前。

換句話說就是今年的七月中旬。

過年後一月已經結束，現在是二月上旬。

按照真奧的預定，再過不到五個月就要展開決戰。

話雖如此，真奧他們目前連一樣大魔王撒旦的遺產都還沒找到，即使順利攻進天界，也還有許多敵人必須打倒，就連將面臨什麼樣的戰鬥都無從得知。

就算如此，真奧還是答應「女兒」要將聖誕節時無法送給她的禮物，當成生日禮物送她。

明明連為了遵守約定的戰鬥都還沒開始，怎麼可以現在就變得軟弱呢。

『你沒資格當魔王呢。』

「別講得好像妳已經看穿我的內心。」

真奧再次踏出腳步。

「不過我的確是有點太過沮喪。抱歉啦。」

『我又不覺得沮喪，小美每次都會請我吃好吃的東西，所以我也不覺得外食很膩。只不過……』

「嗯？」

『真奧是不是有點太掉以輕心了？』

「掉以輕心？」

『沒錯。我知道大家都在安特．伊蘇拉努力，真奧和艾米也在這裡待命，但誰也沒說那些天使真的什麼都不會做。』

「妳說的也有道理……」

『就算小美和天禰很強，那些天使還是有可能避開她們的目光偷偷行動。那些臭小偷。』

在知道真相後，真奧發現艾契斯對天界的評價大致正確，這點也很讓人困擾。

『尤其是鈴乃又很少回來。你們真的有好好考慮過千穗的安全嗎？加百列那傢伙根本就不能信任！』

「這點不用擔心。我已經跟加百列詳細確認過之前提到的小千家周圍的警戒網。只要有地球人不可能擁有的聖法氣或魔力來源接近小千家或笹幡北高中周邊，而小千本人又在那個範圍內，馬上就會對周圍半徑兩公里發出聲納，通知大家發生異常狀況。我、惠美和天禰小姐絕對會待在那個範圍內，所以只要一發現異常，馬上就能趕到她身邊。」

『對周圍半徑兩公里發出聲納？這樣不會打擾到鄰居嗎？』

「普通人聽不見，所以沒問題啦。那實質上是類似結界的東西，因為單純是通知用的聲納，所以就算小千聽見也只會覺得有點耳鳴。我們有交代她如果有事要去其他地方，絕對要聯絡我、惠美、鈴乃或天禰小姐其中一人。」

『……這樣啊。』

「怎麼了，妳有什麼不滿嗎？」

真奧向看起來似乎無法釋懷的艾契斯如此問道，後者以比之前更加不滿的語氣說道：

『沒什麼，只要真奧和千穗覺得好就沒關係。』

艾契斯的說法讓人十分介意。

『千穗覺得沒關係嗎？』

「她本人是說這樣就能放心了。」

『啊，看來沒救了。』

「怎樣啦！」

『就是字面上的意思。差不多到目的地了吧？我今天吃得很飽，接下來會乖乖午睡，所以你放心吧。晚安啦。』

「啊，喂，艾契斯！剛才那句話是什麼意思…………喂，真的睡著啦。」

感覺到艾契斯已經失去意識的真奧闔上沒撥往任何地方的手機，深深嘆了口氣。

「……到底是怎樣啦。」

即使艾契斯不說，真奧也知道。

他非常明白。

萊拉和蘆屋都有提醒過他，鈴乃更是訓了他好幾次。

最重要的是連千穗本人，都重新對他說過一次。

就是因為不曉得該怎麼回答，真奧對千穗採取的所有行動才會既曖昧又不清不楚。

不對，就連是不是真的不清不楚都搞不懂了。

以剛才的情況為例，為了維護千穗的安全，真奧能積極採取的手段並不多。

頂多只能在發現異常狀況時第一個趕過去，但真奧知道艾契斯想說的並不是這個，進一步而言，連艾契斯都這樣講，更讓他氣憤不已。

「就算她這麼說，我也不曉得該怎麼辦才好……」

千穗第一次告白的瞬間，真奧雖然在盛夏的炎熱中裝出平靜的樣子，但其實相當動搖。

不過千穗傳達的，是徹底的好感。

一對年輕男女手牽手地經過真奧身邊。

那兩人一定是「情侶」，而且那個狀態也只能以「正在交往」來形容。

真奧曾經思考過，千穗祈求的是否能和他像那樣一起行動。

不過他在這幾個月裡否定了這個想法。

千穗並非單純只要能和真奧建立親密的關係就會滿足。

當然她不是完全沒有這個意思，只是如果千穗的希望真的只有如此。

「那我應該早就有答案了。」

就在真奧自言自語地嘟囔，穿過目標大樓正面的大門時——

「啊，真奧先生！」

一道包含了和千穗似是而非的韻律與企圖的聲音向真奧搭話，他抬起頭回答：

「早安，楠田小姐。」

跑向他的正是之前提到的楠田，但真奧不記得她的名字。

「關於新田先生的提議，你有找到什麼好地點嗎？」

「……不，還滿難找的。大家都是從不同的地方過來，所以果然還是得挑新宿附近的餐廳，但我對這一帶的店家實在不熟。」

「我想也是。畢竟研修生們連彼此的聯絡資訊都還不知道。」

之前也有提過參加正式職員錄用研修的成員們都各自擁有不同的背景，再加上大家身為員工，都有各自的班表，所以參加研修時，也不是每次大家都會齊聚一堂。

此外上層也沒告訴大家研修的總參加人數，因此實際上有可能參加聯誼會的，就只有曾和負責主辦的新田見過好幾次面的人。

「坦白講，我覺得現在辦聯誼會還太早了。」

「不過我覺得有這樣的機會也不錯。」

「這麼說或許也沒錯，但感覺只要大家一起參加研修或工作一段時間，感情自然就會變好。然而新田先生卻用像辦大學的迎新派對那樣輕浮的態度，勉強大家培養關係，讓人有點不敢恭維。而且他動不動就纏著我。」

新田，你已經被看穿囉。

真奧在心裡對不曉得今天會不會來參加研修的主辦人新田致上哀悼。

「啊，對了，真奧先生。趁這個機會，我想把這個給你。」

「嗯？」

真奧在看見楠田遞給自己的東西後，困惑了一下。

那東西看起來是個用可愛的包裝紙和緞帶打包的小盒子。

「這是什麼？」

「討厭啦，這還用說嗎，當然是巧克力啊。」

「咦？巧克力？喔，情人節的啊。」

說到這裡，真奧總算察覺楠田的意圖。

今天是二月七日。雖然離情人節還有點早，但考慮到當天可能無法與對方見面，趁現在送人情巧克力也沒什麼不自然。

「我可以收下嗎？」

「別客氣別客氣。啊，不過我沒送新田先生，所以請你不要告訴別人喔。」

新田真的是太可憐了。

「那就謝啦。我收下了。」

在某種意義上，情人節的人情巧克力和聯誼會一樣，都是為了讓人際關係更圓滑的手段。

雖然真奧完全不覺得自己會因為這件事對楠田產生好感，但要是被川田發現，可能又會被大家說什麼「給我爆炸吧」或「小心晚上走在路上時被人刺」。

既然現在還不確定三月十四號那段期間會不會來參加研修，那還是先別提起回禮的事情比較好。

「如果三月有見到面，我會期待你的回禮喔。」

結果楠田主動提起這個話題，讓真奧順利完成了收下人情巧克力的儀式。

「今天的研修要做什麼？」

「不知道，好像有寫到要開什麼贈品企劃會議。」

為了將剛才被艾契斯的話弄得煩悶不已的腦袋切換成工作模式，真奧開始將話題轉移到今天的行程上。

不過這時候真奧忘了一件事。

因為最近都避免直視這件事。

因為志波和天禰幫忙承受了這個負擔。

所以他忘了艾契斯對食物的事情有多麼貪得無厭。

※

隔天，鈴乃在獲得房東允許，於Villa・Rosa笹塚的後院開闢的家庭菜園除草時，艾契斯眼神閃耀地蹲到鈴乃旁邊。

「吶，鈴乃，我什麼時候能從別人那裡收到巧克力。」

「怎麼突然說這個？」

「那是叫情人節對吧？」

艾契斯明明才剛在與真奧融合的狀態下睡著，卻還是敏感地察覺到被包裝起來的巧克力的味道，並在同一時間醒來。

然後她因為想知道「為什麼真奧能從楠田那裡拿到巧克力」，而找回來替後院的家庭菜園

除草的鈴乃商量昨天看見的事情。

「喔，情人節啊。」

這時候的鈴乃，還不曉得這個隨口說出的回答，之後會招來多大的風暴。

不幸的是真奧今天已經一如往常地去幡之谷站前店上班，而鈴乃也沒仔細確認「艾契斯為何突然想知道什麼是情人節」。

不過要求鈴乃想得這麼深，也太強人所難了。

因為鈴乃直到今天早上都還待在安特·伊蘇拉，為駐守在魔王城附近的聖·埃雷騎士們擔任假日彌撒的祭司。

「雖然遺憾，但艾契斯是女孩子，所以收不到巧克力。」

「妳、妳說什麼——————？」

鈴乃的宣告，讓艾契斯發出彷彿世界末日般的慘叫。

「怎麼會有這麼殘酷的事情……」

「沒辦法。情人節就是這種節日。」

鈴乃看著跪在地上雙手撐地、絕望到臉色蒼白的艾契斯苦笑。

「雖然由來諸說紛紜，但目前許多國家都已經確立了女性要送點心給男性的習俗。本來送什麼點心都可以，不過在日本的歷史發展上，已經固定是送巧克力。」

「巧克力……我的巧克力……」

鈴乃不曉得艾契斯原本到底以為誰會送她巧克力，不過看來她尚未從打擊中恢復。

「為什麼女孩子收不到……？我不能從現在開始變成男孩子嗎……？」

「妳想為了免費得到巧克力變成男生嗎？」

不曉得艾契斯認真到什麼程度的鈴乃越發苦笑道：

「這也沒辦法。畢竟原本是為了讓女性藉由送點心，向男性表達愛意的日子。」

「咦？」

這句話讓艾契斯驚訝地眨眼。

「放心吧。雖然是日本特有的習慣，但下個月的三月十四日，是男性必須送點心回禮的白色情人節。」

「真的嗎！」

突然恢復精神的艾契斯，像是總算理解般緩緩敲了一下手。

「這麼說來，楠田也說過期待真奧三月回禮！原來是這個意思啊！」

「楠田？真奧？喂，艾契斯？妳到底是從哪裡聽說情人節的事情……？」

真奧的名字突然和陌生的名字一起出現，讓鈴乃瞬間冒出冷汗。

不過艾契斯似乎沒將鈴乃的問題聽進去，眼中燃起熊熊的鬥志高舉拳頭。

「這該不會表示楠田其實盯上真奧了吧？」

「艾、艾契斯？我貿然請教一下，妳說的楠田是……」

「在小麥的研修送真奧巧克力的女孩子！雖然她表現得像是在送人情巧克力，但她應該是認真的！否則才不會說期待三月！」

「什麼？喂、喂，艾契斯？」

鈴乃開始害怕自己是不是做了什麼無可挽回的事情，發出悲慘的呼叫。

明明直到剛才都還不曉得什麼是情人節的艾契斯，突然講出什麼「人情」和「認真」這件事，也讓她難掩動搖。

「我不能坐視不管！真奧很窮，不能讓楠田搶走真奧的白色情人節！」

「艾契斯，妳別著急！冷靜下來談談吧！在日本為了讓職場的人際關係更加圓滑，女性職員經常會送男性職員人情巧克力，所以這並不是什麼特別的事……」

「必須通知千穗才行！最近大家都只對姊姊好，我要趁機叫千穗教我怎麼做巧克力，讓真奧對我刮目相看！」

「等……！」

此時，鈴乃的恐懼變成確信。

雖然她不知道那個叫楠田的人和真奧之間發生了什麼事，但要是艾契斯到處亂傳這件事，即使是青鱂魚，也會長出像皇帶魚那樣的尾鰭。

千穗最近經常煩惱與真奧之間的距離，鈴乃有預感要是讓她知道真奧因為情人節和其他女性變親密，一定又會發生令人頭痛的事情，但一切都太遲了。

「千穗的味道在那裡！」

「等……等一下啊……」

等鈴乃說完時，艾契斯已經在後院留下打樁般深刻的腳印，全速跑離現場。

鈴乃無力地放下撲空的手。

「晚、晚點……得向千穗小姐和魔王道歉才行……」

她顫抖地說完後，從腰帶內側拿出手機，打算用簡訊警告現在還完全不知情、正在認真工作的真奧，勉強做出一點補償。

「呃……艾契斯……誤會了……情人節的意思……啊。」

鈴乃拍掉手上的土，以不熟練的動作操縱手機，然而在注意到畫面右上角顯示的時間後，她這次真的差點暈倒。

「不妙！」

現在剛過下午三點。

鈴乃粗暴地扯下綁頭髮的手巾，急忙衝了出去。

「等等，艾契斯！千穗小姐現在還在上課！」

這裡距離笹幡北高中並不遠，即使落後質點之子一分鐘已經算是致命性的失誤，鈴乃依然為了守護千穗開始全力衝刺……不過她一出公寓，就急忙剎車衝回二〇一號室。

「阿、阿拉斯・拉瑪斯！不能放著阿拉斯・拉瑪斯不管！唔！為、為什麼事情會變成這樣！」

等鈴乃背著惠美上班前託她照顧、正在睡午覺的阿拉斯・拉瑪斯衝出公寓時，已經又過了一分鐘。

鈴乃非常清楚在面對艾契斯時，這段合計兩分鐘的失誤會引發多麼致命的狀況。

勇者，對職場環境的差異感到困惑

「咦？不會送嗎？」

「才不會做那種麻煩的事情。」

在午餐時段結束後恢復平靜的店內，惠美驚訝地看向打工前輩大木明子的笑臉。

在對照從二月開始久違地重新販賣的活動商品圓滾滾巧克力派的進貨數和訂單時，惠美突然在意起幡之谷站前店都是怎麼過情人節，並向明子詢問。

令人意外的是，明子回答幡之谷站前店的女性員工，並不會特別送男性員工人情巧克力。

「佐惠美在之前的職場會送嗎？」

「與其說我有送，不如說大家都在送。」

「啊～因為電話客服部門的班表都很固定，所以才會這樣吧。不過在幡之谷站前店，女孩子們並不會一起做這種事情。」

明子將活動商品圓滾滾巧克力派補進保溫器，同時如此說道。

「我去年剛進來時也多少做好了覺悟，卻什麼都沒發生，於是我委婉地問了木崎小姐。」

店長木崎真弓先聲明自己原本就對「情人節」的習俗沒什麼好印象，然後接著說道：

『站在店方的立場，我不鼓勵員工追隨這樣的風俗。雖然我不禁止員工在店外私下送彼此巧克力，但必須是基於私人之間的關係。』

這實質上已經等於禁止在職場內贈送人情巧克力了。

「再過不久，木崎小姐應該就會直接通知佐惠美和今年加入的其他女生了。」

如果以「今年加入」為基準，那千穗應該也被包含在內。

「而且基於義務做這種事不是很無趣嗎？雖然我不會說什麼要三倍回禮的蠢話，但我們店裡女性比較多，男性的負擔會比較大，而且還會讓二月或三月那段期間沒有排班的人感覺被排擠，對彼此都沒什麼好處，總之基於這些理由，最後的結論就是不會送。」

「這樣啊。」

雖然不是叫「情人節」，但在安特・伊蘇拉的西大陸，也有女性藉由送禮向男性傳達心意的習俗。

在惠美的故鄉斯隆村，通常是配合收穫穀物的時期送對方餅乾或甜麵包，但惠美本人在得知這個習俗前，就已經開始投身與魔王軍的戰鬥，所以還沒實際體驗過。

因此她還記得自己去年在docodemo的職場得知「情人節」的習俗時，還曾經不自覺地期待了一下。

順帶一提，雖然她當時只有送直屬的領班和課長人情巧克力，但一個月後的白色情人節，所有女員工都收到了高級日式點心店的落雁作為回禮。

「落雁是那個將砂糖壓入模具固定，經常出現在茶宴上的乾燥點心吧。真有趣。」

落雁小而精緻的造型和華麗的色彩，讓當時的惠美大受感動，之後她有一段期間很喜歡買落雁，但那又是另一個故事了。

「話說啊。」

「嗯？」

「姑且不論要不要送店裡的人。」

「嗯。」

「有什麼事讓佐惠美對情人節感到在意嗎？」

「…………啊。」

明子的問題絕對不算唐突。

畢竟是惠美先勾起她對這個話題的興趣。

但即使如此，惠美還是瞬間停止思考，低喃了一聲。

那聲低喃妨礙她自然地立即回答問題。

明子敏銳地捕捉到那個瞬間。

「咦，該不會。」

「沒這回事。」

人真是不可思議的生物，有時候光是呼吸之間的短暫間隔或是視線角度的細微變化，就足以勝過千言萬語。

「喔～我有點意外呢。」

「我就說沒有了。」

「我本來以為佐惠美對這方面的事情沒什麼興趣。」

「明子小姐！」

「對象應該不是在這間店裡吧。雖然妳看起來已經對工作駕輕就熟，但其實才剛加入沒多久……啊，不過妳以前就認識真奧先生吧。」

「等……」

這個明明不是在試圖蒙混但不管怎麼看都像在試圖蒙混的惱人發展究竟是怎麼回事。

惠美並沒有特別感到難為情，不如說她單純只覺得著急，但她察覺自己的臉正在變紅。

明子不是會不負責任地到處散播這種事的人，但考慮到最近周圍的氣氛，要是和真奧扯上關係會非常麻煩。

「哎呀，不過是討論情人節巧克力的話題，不需要這麼害羞啦。現在這個時代，就算送別人一兩個巧克力，也不代表喜歡對方。」

「我沒有在害羞！」

但惠美最清楚自己的樣子不管怎麼看都是在害羞。

不對，自己該不會真的在害羞吧？

明子開始以溫暖的態度關注惠美的反應，而惠美之所以會對那樣的明子意氣用事，也是因為在聽見明子的問題時，她確實有一瞬間想到那方面的事情。

在想到那種事後，惠美對腦中自然浮現出那種想像的自己大受打擊，而這段延遲也成了致命的失誤。

「順帶一提，我學校附近有間超推薦的巧克力專賣店（Chocolatier），要不要我介紹給妳？」

「不用了！」

「哎呀～佐惠美真可愛。」

判斷再繼續說下去只會讓對話陷入泥沼的惠美將最後的巧克力派塞進保溫器，然後強硬地結束話題。

不巧的是，原本在二樓的咖啡櫃檯工作的真奧正好在此時走下樓梯。

「妳們兩個在吵什麼。要是木崎小姐在會生氣喔。訂單的副本還在嗎？我想跟樓上的存貨對照一下。」

「咦，啊，好、好的。訂單……啊，請用。」

惠美發現自己忍不住拉高音調，一想起自己剛才慢了一拍才回答明子的原因，她的聲音就變得緊張。

不曉得是不是發現這點，明子笑笑地穿過惠美身邊。

「抱歉抱歉，只是佐惠美提到之前的職場有在送人情巧克力，所以問我這裡有沒有那樣的習慣而已。對吧？」

「沒、沒錯。」

「喔。情人節啊……啊，果然。交貨數多了一包……」

真奧看起來對這個話題並沒有特別感興趣，在瀏覽惠美遞給他的訂單副本後皺起眉頭。

惠美不知為何對他的那張側臉感到有點生氣，但真奧在惠美開口前抬起頭說道：

「對了，說到情人節我才想起來。我昨天有收到人情巧克力。」

「咦？」

「喔！是這樣嗎？」

惠美大吃一驚，明子表現出非常有興趣的樣子。

「嗯，然後啊，因為我們之間並沒有熟到可以跟對方收人情巧克力的程度，所以我有點困擾。」

「真奧先生，你這句話要是被小川聽見，他一定會說你過太爽把你宰掉。」

「呃，不過我們也才見過幾次面，這種時候到底該怎麼辦才好……」

「送人情巧克力只是一種風氣，所以送的人通常也不期待回禮。雖然這當然不表示可以不用回禮，但應該不用勉強吧？」

「嗯～不過這品牌看起來很貴，你們有聽說過嗎？」

真奧邊說邊講出一個法文店名，雖然惠美沒聽過，但明子驚訝地回答：

「那間店……佐惠美，那就是我剛才說的巧克力專賣店（Chocolatier）。」

「喔。」

「那是什麼東西？」

「Chocolatier是指專門做巧克力的點心師！那間店低調地開在我大學附近的住宅區，就連在網路上都還沒什麼人知道。咦？怎麼回事？那真的是人情巧克力嗎？那還滿貴的耶？」

「我覺得……應該是人情巧克力吧？對方是研修的成員之一，而且我們總共也才見過三次面。」

「嗯～雖然很難判斷，但有人會送那種人情巧克力嗎？」

明子一臉凝重，但她的表情明顯充滿好奇心。

「你打算怎麼處理那個？」

「啊？」

惠美以感覺有點僵硬的語氣提出的問題，讓真奧皺起眉頭，他默默煩惱了一下後回答：

「……我也不曉得該怎麼辦。俗話不是說收到禮物後，至少要回禮一半嗎？如果放著不管，蘆屋會很囉唆，但坦白講我完全不曉得價格，現在我家也沒有電腦，用我的手機查詢會有點麻煩。」

「說什麼回禮一半，又不是在送禮物。」

明子表現得有點傻眼，而惠美像是覺得無趣般不滿地說道：

「姑且不論貴還便宜或稀不稀有，你覺得那是人情巧克力吧。那就基於人情回禮不就好了。」

「是這樣嗎？」

「不然你還想怎樣。」

「唉，的確也只能這樣了。」

真奧對惠美冷酷的判斷稍微表示贊同後，惠美不知為何又對此感到不悅。

「啊，不好意思。居然為這種無聊的事情占用妳們的時間。」

「就是啊。要是被木崎小姐聽見，那才真的會惹她生氣。」

「真沒面子。那我先回去了。」

真奧說完後，再次返回二樓。

惠美厭惡地看著真奧飄然的背影，明子觀望了一下惠美的側臉後，突然迸出一句將惠美的意識拉回現實的話。

「……小千知道剛才那件事嗎？」

惠美猛然轉頭看向明子，以恐怖的表情果斷說道：

「應該是不知道！」

「我想也是。感覺真奧先生偶爾會像剛才那樣少根筋。雖然我覺得小千在這方面應該很講理，但道理和個人的心情是兩回事。」

只要是千穗身邊的人，都看得出來她對真奧抱持好感，這已經算是公開的祕密。

雖然因為她表現得實在太直率，所以大家反而不敢戲弄她或是多管閒事，至今千穗的表現，也曾因為真奧的疏忽而變化過好幾次，每次木崎都會委婉地提醒真奧。

「該怎麼說才好。那或許是看似完美的真奧先生唯一一個最糟糕的壞毛病。」

「是啊。」

雖然惠美覺得真奧除此之外還有許多缺點，但如果這時候說出來，只會反過來被明子逼問是如何得知，所以她選擇隱忍不發。

「看真奧先生那個樣子，他之後也會自然地告訴小千自己收到人情巧克力，並問她該怎麼辦吧。」

惠美覺得從真奧至今的表現來看，他很可能真的會那麼做。

話雖如此，要是隨便封真奧的口，或許會輾轉傷害到千穗的自尊心，然而就算事先通知千穗這件事，感覺也只會讓她產生多餘的擔心。

另一方面，因為蘆屋和鈴乃也曾教訓過真奧很多次，所以惠美覺得就算是真奧，這次應該也不會去找千穗商量。

「……」

不過想到這裡，惠美又再次陷入奇妙的想像。

那就是真奧雖然收到了人情巧克力，但無法找千穗商量，然而對千穗有所隱瞞的罪惡感，又讓他在千穗面前表現出奇妙的態度，最後還是被看穿的想像。

作為一個朋友，惠美實在不想看千穗難過。

反過來想，就這個狀況而言，如果惠美沒提醒真奧，遲鈍的真奧可能又會傷害到千穗。

不過一想到若惠美出手干涉的事情被發現，或許會傷害到千穗，就讓惠美感到進退兩難。

明子雖然知道真奧與千穗的關係，但不曉得兩人之間的詳情和距離感，即使讓她發揮天性自然地對真奧提出忠告，應該也沒什麼效果。

「……為什麼我得為魔王的私生活操這麼多心啊。」

對自己宛如直昇機螺旋槳般持續迴轉的思考感到煩躁的惠美，這次換搞不清楚自己剛才回答明子時為什麼會遲疑了。

明明這才是自己完全沒必要思考的事情。

『真奧喜歡什麼樣的巧克力呢？』

都怪自己的大腦瞬間迸出這種荒謬的想法，害她又背負了多餘的辛勞。

真要說起來，現在的自己和真奧根本就沒空搞這種輕浮的活動。

畢竟滅神之戰即將來臨。

為什麼自己非得悲慘地為日本的節慶活動感到煩惱呢。

應該還有更多必須思考的事情。

惠美為了擺脫空轉的思考，看向店門口。

「「……」」

明子也同時看見了「那個」，兩人一同露出厭煩的表情。

對面的肯特基炸雞店幡之谷店店長猿江三月，正好經過店門口。

他窺探麥丹勞幡之谷站前店的眼神，彷彿懷抱著一個不可能實現的偉大夢想的孩子般純粹，光是看見那個眼神，惠美和明子就明白他對情人節懷有過大的期待。

雖然他因為考慮到時間而沒有進來，但惠美和明子互望了彼此一眼。

「……明子小姐，我可以問一下如果之後出狀況該怎麼辦嗎？」

「……我聽說木崎小姐十四號不會來店裡。」

「……咦，這樣他不會亂來嗎？」

「……雖然至今都沒發生過那樣的事情，但要是真的發生，就只能報警了。」

無論有多麼遠大或悲慘的過去，現在的真奧和猿江，都是魔王和大天使。

要是知道兩人因為區區的情人節煩惱不已，古代大魔王撒旦應該會在另一個世界哭泣吧，至今未曾露面的統率天使的「神」伊古諾拉，或許也會因為覺得太蠢而捨棄自己的野心。

惠美在腦中想著這些無聊的事情。

「這有這麼值得在意嗎？」

「在意的人就會在意吧。」

無論男女都不得不在意情人節，惠美開始有點搞不懂日本這個國家了。

雖然之前沒聽千穗提過，但如果她也期待情人節，那惠美只能希望她別因此興奮或煩惱。

不過——

惠美虛幻的願望，已經在她和真奧的意志完全沒機會介入的地方粉碎了。

「真奧哥收到巧克力了？」

「是啊！那巧克力看起來很貴！而且對方還是個長相不錯的美女！千穗，這是個大問題！

妳絕對不能掉以輕心！」

幾乎就在同一時間，千穗正在笹幡北高中的正門前，因為艾契斯的緊急報告驚訝地睜大眼睛。

「沒趕上……」

而在看見追著艾契斯過來、汗流浹背地背著睡夢中的阿拉斯．拉瑪斯跪倒在地的鈴乃後，千穗又再次大吃一驚。

然後——

「佐佐，妳……」

不巧的是，並非只有千穗一個人聽見艾契斯的緊急報告。

「妳該不會還沒做出了斷吧？」

和千穗一起放學的東海林佳織，也聽見了這個消息。

千穗之後表示，鈴乃在那個瞬間露出的絕望表情實在是慘不忍睹。

※

鎌月鈴乃在知道真相後，依然相信自己的心裡有善良的神明與對神明的信仰存在。

所以鈴乃坦率地向自己心裡的神明懺悔，希望祂能原諒自己過去的行為。

「什麼？佐佐終於放棄了嗎？」

「不是這樣啦。」

「不過千穗也知道真奧很容易被人牽著鼻子走吧？」

「那個……嗯……是這樣沒錯。」

不知為何，鈴乃正和千穗、艾契斯與千穗的同學——一位名叫東海林佳織的少女一起待在肯特基幡之谷店。

「佐佐之前也有說過吧？和自己相比，對方在立場上比較自由，真奧先生接下來會忙於研修，等當上正式職員後，應該又會遇見更多各式各樣的人吧？若還是學生的佐佐再繼續拖拖拉拉下去，事情真的會變得無可挽回喔。」

「可是，我們彼此都已經接受聖誕節的事情。」

「千穗太天真了！佳織說得沒錯！就算時候還沒到，只要有蘆屋在，真奧能給的回禮就有限度！現在應該要馬上行動！」

「就算你們要我行動……」

鈴乃抱著阿拉斯·拉瑪斯在千穗旁邊縮起身子，明明今天才初次見面的艾契斯和佳織不知為何相當投合，在鈴乃面前一起逼問千穗。

「艾契斯說得沒錯！既然佐佐會做料理，就應該親手製作巧克力對真奧先生發動攻勢，順便催促他回答！趁對方下班或其他時間埋伏他吧！如果是情人節，只要別離十四日當天太遠就行了！」

「親手做啊，不過我很少做點心。」

「咦？千穗不會做點心嗎？虧我還這麼期待！」

「雖然不是完全不會做，但我從來沒那麼認真做過。」

「就算是便利商店的廉價零食或仙貝也沒關係啦！之前已經錯過許多節日，這次一定要好好過！要用禮物對他施加壓力！」

「嗯！」

「站起來！站起來吧，千穗！一起搶奪真奧的回禮吧！」

「我覺得以回禮為目標好像不太好。」

「……呼……」

東海林佳織完全不曉得安特·伊蘇拉的事情，鈴乃表情僵硬地抱著阿拉斯·拉瑪斯，斜眼看向完全不懂得耍心機或隱瞞事情的艾契斯，全身冒出冷汗。

鈴乃以前也曾在這間店，讓惠美面臨類似的狀況。

她利用惠美的朋友，藉由刺激當時還什麼都不知道的鈴木梨香的好奇心，想釐清惠美和真

奧之間的關係。

結果因為蘆屋突然闖入才沒有釀成大禍，但當時鈴乃對惠美來說仍是身分不明的陌生人，所以惠美一定很怕會被梨香發現安特·伊蘇拉的事情吧。

鈴乃覺得自己現在正遭到當時的報應。

佳織不知道安特·伊蘇拉的事情。

不過她和千穗的關係非常親密，從她輕易就接納外表算是相當奇特的艾契斯、阿拉斯·拉瑪斯和鈴乃來看，除了和安特·伊蘇拉有關的部分以外，千穗應該都跟她提過了。

因為這是千穗的判斷，所以沒什麼關係，問題在於艾契斯。

無法期待艾契斯像蘆屋那麼機靈，再加上兩人年齡相近，因此馬上就打成一片，拜此之賜，鈴乃完全無法預測艾契斯會不會講出什麼奇怪的話，招致佳織的懷疑。

進一步而言，這間店的店長和之前一樣是沙利葉，考慮到他平常的言行，要是在這裡討論情人節的話題，之後很可能給千穗、惠美、真奧和肯特基與麥丹勞的員工們添很大的麻煩，這方面的問題，也讓鈴乃感到十分不安。

明明千穗應該也是同樣的心境，但她意外自然地迴避了艾契斯和佳織的逼問。

雖然鈴乃因為擔心千穗會不會又被真奧的思慮不周傷害而追著艾契斯來到這裡，但她現在心裡只希望能盡快擺脫這個狀況。

「話說看在鈴乃小姐眼裡，真奧先生實際上是個什麼樣的人？」

「咦？」

佳織突然將話題丟給鈴乃，讓後者嚇了一跳。

「什、什麼樣的人……是指？」

「他是那種收到親手做的巧克力會很高興的類型嗎？」

「喔，這樣啊，不曉得呢。只要是食物，他應該都會很高興，啊，不對。」

說完後，鈴乃才發現佳織想問的不是這個。

「基本上，他應該不是那種無法體會別人心意的人……」

不過這個答案似乎也無法讓佳織滿意。

「如果是這樣，那佐佐至今已經送過很多次料理給他了吧？那些料理應該也包含了佐佐的心意吧。」

鈴乃不知為何有種自己被人譴責的感覺。

雖然真奧每次收到料理時都會確實道謝，但這樣的回答恐怕無法讓佳織滿意。

千穗似乎也明白這點。

「我做那些料理並不是為了那種目的，我單純只是想和大家一起吃飯而已。」

這段話比起為真奧辯解，更像是在替鈴乃解圍。

「不過和真奧先生的事情也不是毫無關係吧！」

「這麼說是沒錯啦。」

雖然只是結果論，但千穗之所以會送料理去真奧家，也和鈴乃脫不了關係，所以她實在很難對此多做評論。

鈴乃曾為了削弱真奧等人的力量而送經過祝聖的食材和料理給他們，千穗送料理給真奧等人的契機，就是為了與鈴乃對抗，之後經過一番波折，鈴乃開始教千穗做料理，而千穗也會教鈴乃日本和地球的料理。

這段經歷讓鈴乃重新認識到千穗對真奧的心意，所以現在即使心情有點複雜，她的立場還是逐漸轉向在私底下替千穗加油。

「我啊。」

「嗯？」

「最近覺得自己有點太任性了。」

「咦？」

「或許是以前太聽話造成的反彈，我不太擅長抒發自己的心情。現在回頭想想，真的是給小佳、鈴乃小姐和艾契斯添了不少麻煩。」

「嗯？妳有給我添過什麼麻煩嗎？」

「有喔。」

雖然艾契斯沒印象，但在梨香向蘆屋告白失敗的那天晚上，艾契斯在笹塚站內對偶然遇見的千穗說的那段話，無疑成了讓千穗的內心大幅向前邁進的契機。

『必須趁還能傳達時，傳達自己的心意。』

自己的心意早就已經傳達出去了。

現在也持續以行動表示自己的心意沒有改變。

再來就只剩下相信和等待了。

「直到七月來臨之前，我不打算再催促他。」

「啊？七月？那是什麼不上不下的日期。」

「要把情人節延到七月嗎？」

只有艾契斯的思考跳躍到異次元，但鈴乃當然非常清楚七月這個時間代表什麼意義，她忍不住看向沉重地靠在她身上睡覺的阿拉斯．拉瑪斯。

七月的盂蘭盆節。

那是阿拉斯．拉瑪斯的「生日」，也是真奧為滅神之戰設定的期限。

對真奧來說，討伐伊古諾拉原本就只是順便，一切都是為了送阿拉斯．拉瑪斯最棒的生日禮物這個最重要的目標，而千穗也真心認同這個想法。

「所以坦白講，我在煩惱能不能過情人節。」
「「啊？」」
佳織和艾契斯同時吐槽。
「居然煩惱能不能過，佐佐妳是認真的嗎？」
「千穗妳的精神還正常嗎？如果不送巧克力就不能拿到回禮喔？」
雖然吐槽的方向完全搭不起來，但千穗舉起雙手安撫兩人。
「不，我大概還是會做些什麼。不過，鈴乃小姐。」
「嗯？」
「妳最近有在公寓遇見真奧哥嗎？」
「嗯，他今天早上去上班時，我有碰到他。」
「真奧哥最近看起來有點疲憊，他在公寓時也是那樣嗎？」
「我也不清楚，畢竟最近就算有見面，也只會稍微打個招呼。」
真要說起來，鈴乃的行程主要是配合惠美，即使偶爾回笹塚二〇二號室，也經常沒遇見真奧。
不過艾契斯回答了這個問題：
「真奧非常疲憊。他還說已經吃膩外食了。」

「咦？吃膩外食？」

千穗稍微思考了一下艾契斯的話中之意，然後似乎馬上想起了什麼。

「啊……原來如此。因為蘆屋先生不在，所以沒人幫他做宵夜和早餐。原來是這樣。」

「千、千穗小姐？」

「嗯～如果是白天倒還好，但真奧哥最近的班都是待到打烊，我也不曉得他幾點才會從研修回家，所以不方便去找他，就算託遊佐小姐轉交，也必須選在她和真奧哥的班表有重複的日子。」

「喂，佐佐？」

「嗯～小佳、鈴乃小姐、艾契斯。」

千穗若無其事地說道。

「你們覺得情人節送真奧哥冷凍乾燥的味噌湯組合怎麼樣？」

「「「……」」」

鈴乃、艾契斯和佳織──尤其是佳織──的表情明白說明了一切。

今天的千穗感覺有點奇怪。

「……認真的？」

「咦？我還滿認真的。」

「妳以為是過年送禮啊！」

「欸～可是就算要親手做巧克力，買有品牌的巧克力也要花不少錢，同樣是要花錢，不如買對方真正需要的東西比較好吧？」

「吶，鈴乃。我覺得這跟我認知的情人節好像不太一樣。」

「雖然艾契斯會說『認知』這個詞也讓我很驚訝，但我贊同妳的意見。」

「我說佐佐，平常的確是可以這麼做，但這樣跟之前送料理給真奧先生沒什麼兩樣吧。吶？情人節就是要送巧克力吧！就算多少有點彈性，也該送點心吧！」

「我知道啦。其實我自己也很清楚。」

接著千穗稍微垂下肩膀，嘆了口氣。

「雖然沒告訴大家，但我其實有稍微催促真奧哥回覆。」

「「咦？」」

「喔喔？」

佳織和鈴乃驚訝地睜大眼睛，艾契斯則是只差沒有吹起口哨。

「事情是發生在之前去練馬的時候。」

「這、這樣啊。」

「然後呢？他怎麼回答！」

「嗯。真奧哥姑且有回應我，說等整理好想法後會告訴我。」

「啊？」

佳織沮喪地垂下頭。

「那一樣是延後回答吧。怎麼這麼不乾不脆啊。」

「呃，是這樣沒錯。」

千穗也露出苦笑。

「不過感覺姑且算是更新了截止日期，所以……」

千穗有點困擾地說道。

「要是現在我送太精緻的巧克力給真奧哥，別說是讓他緊張了，甚至還會帶給他壓力。」

鈴乃當然也能理解千穗話中的真意。

正因為如此，唯獨這次她無法說出「沒這回事」。

身為一個男人，真奧的確是做出了在得知千穗的心意後仍暫時擱置的事情，鈴乃也覺得這是他本來就該擔負的責任。

但另一方面，考慮到真奧面對的問題規模，即使讓他在這時候勉強回應千穗，也只會為之後的事情帶來不良影響。

「或許……是這樣沒錯。」

「唉，不過如果艾契斯說的都是真的，那反而是我會有壓力。」

「我絕對沒說謊！楠田在誘惑真奧！」

「艾契斯！妳剛才明明就沒說到這個地步！」

「喔……楠田小姐啊……嗯。」

千穗瞬間變得面無表情，但馬上就有點疲憊地垂下肩膀。

「我原本就沒打算錯過情人節，但考慮到真奧哥目前的狀況，不管做什麼都像是在強迫他接受我的心意，或是顯得不會察言觀色。可是如果什麼都不做，又會讓我自己無法接受，我本來還在想該怎麼辦，結果就這樣在毫無頭緒的情況下拖到現在……不過如果是遊佐小姐、鈴乃小姐、天禰小姐或是公寓的房東太太也就算了，沒想到真奧哥居然會從我完全不認識的人那裡收到人情巧克力。」

「啊……嗯，那個……是啊，嗯。」

艾契斯說真奧收到了「看起來很貴的巧克力」，總覺得如果是前陣子的真奧，一定會自然地找千穗商量收到人情巧克力時可能的情況和對策。

幾乎就在同一時間，惠美和明子也在麥丹勞幡之谷站前店做出了相同的想像。

「要是艾謝爾在，事情就不會變成這樣了。」

考慮到蘆屋一離開二〇一號室，真奧就開始產生疏忽、破綻和疲勞，就算不是前陣子的惠美，也會想吐槽魔王軍該不會只要少了蘆屋就沒辦法正常過生活吧。

「話說木崎小姐是麥丹勞的店長吧。如果佐佐覺得自己送會顯得太沉重，難道不能和打工處的人一起送人情巧克力嗎？」

佳織像是腦中靈光一閃般探出身子，但千穗表情苦喪地搖頭：

「我們店裡禁止送情人節巧克力。」

「咦？為什麼？」

「木崎小姐之前說過禁止員工在店內互送巧克力。要送就私底下送。好像是因為那可能會成為糾紛的原因。」

「喔～原來如此。如果工作的人多，就會變成那樣啊。嗯，不過這樣怎麼辦。難不成真的要放棄？」

「坦白講我也在想會不會這樣最好。」

「嗯……不過啊……難得遇到情人節……啊。」

鈴乃擔心地看著煩惱的千穗，而即使理解千穗的意思依然無法徹底接受的佳織，在看見鈴乃後突然想到一件事。

「鈴乃小姐，妳和真奧先生很熟吧？」

「咦？這、這個嘛。呃，我、我們的確算是……好鄰居。」

鈴乃驚訝地回應佳織的問題。

最近鈴乃只有在哄騙真奧本人時會提起人類與惡魔之間的對立，不過一旦重新被不知情的人類問到「和真奧是否親密」，她還是會困擾地無法立即回答。

如果要對毫不知情的佳織說明自己和真奧的關係，那就只能選擇「朋友」或「鄰居」，但鈴乃無論如何都無法說兩人是「朋友」，因此只能做出曖昧的回答。

「如果不能在店裡交給他，那難道不能和其他親密的朋友一起送嗎？」

「等、等等，佳織小姐。那、那是什麼意思？這、這表示我也要送真奧巧克力嗎？」

「感覺已經沒有其他方法了。能不能請妳助佐佐一臂之力？」

「等、等一下，小佳！妳在對鈴乃小姐說什麼啊！鈴、鈴乃小姐不用送啦！這本來就是我個人的任性，怎麼可以因為這樣為鈴乃小姐帶來負擔！」

千穗在被佳織那符合高中女生風格的失控請求嚇到後，向鈴乃道歉。

「我、我送，魔、魔王巧克力？什、什麼？」

鈴乃本人不知為何變得面紅耳赤，凝視佳織。

「……鈴乃小姐？」

「這、這是要我用什麼表情和藉口交給他。要送抹茶嗎？還是和三盆糖？或黑砂糖漿？」

接著鈴乃就像這樣開始慌張地自言自語。

「這、這樣不太好吧？不、不過如果是人情巧克力，以我們的關係就算送了也不會顯得不自然……應、應該不奇怪吧？嗯，不過我一開始是送烏龍麵……不、不行，這次的狀況和當時不同。」

「鈴乃？妳在認真煩惱什麼啊？」

「啊！」

艾契斯冷淡的聲音，讓鈴乃猛然回過神。

在發現凝視自己的三道視線後，鈴乃再次紅著臉低下頭。

「對、對不起。其、其實我沒有關於情人節或那種事情的經驗……然後，我也沒送過男性點心……」

「「咦？」」

千穗和佳織驚訝地大喊。

看在佳織眼裡，鈴乃雖然外表年輕，但給人的感覺非常成熟，所以她沒想到鈴乃居然沒參加過和情人節有關的活動，至於千穗雖然以前沒在意過，但考慮到鈴乃在安特·伊蘇拉度過的那段人生，千穗作夢也沒想到鈴乃居然沒送過異性禮物。

雖然千穗和佳織的經驗也沒豐富到能瞧不起鈴乃，但正常人應該從小就會在幼稚園、托兒所或自己家裡體驗過情人節。

「總、總而言之，就算和我一起送，還是會顯得不自然。因為對真奧來說，我並不是會做那種事的人，這樣的偽裝實在是太明顯了……」

鈴乃以小得像蚊子叫般的聲音，對著兩位高中女生訴說藉口，並忍不住用沒支撐阿拉斯・拉瑪斯的那隻手遮住變紅的眼睛。

「那我也來一起送怎麼樣！」

不曉得知不知道鈴乃心裡的想法，艾契斯如此說道。

就艾契斯的情況而言，反而可以明顯看出是期待白色情人節的回禮，所以如果只有她一個人送人情巧克力，應該遠比鈴乃自然。

「嗯……雖然對艾契斯不好意思，但那樣還是有點困難。」

即使如此，如果要緩和千穗的巧克力對真奧造成的影響，這樣還是有點太弱了。

而且如果要偽裝，那千穗和艾契斯就必須一起送巧克力給真奧。

不過真奧最近會在笹塚的時間，不是深夜回家後，就是早上去上班的時候。

這些都不是身為高中生的千穗能拜訪二〇一號室的時段，兩人少數能碰面的地點，就只有禁止送巧克力的麥丹勞。

在這個狀況下，千穗實在不覺得自己有辦法和艾契斯一起送真奧巧克力。

「這樣根本就走投無路了！怎麼辦啊！」

「嗯～如果是和別人一起送，那我應該有辦法努力，但現在的狀況實在不太適合，也沒理由拜託別人和我一起做這種事，看來是沒辦法了。」

不管要怎麼做，只要千穗本人缺乏積極打破這種困境的幹勁，就不可能會有答案。

就在一行人開始不曉得該說些什麼時。

「呼……啊啊啊啊……」

在鈴乃腿上睡午覺的阿拉斯・拉瑪斯睡眼惺忪地揉著眼睛醒來了。

「啊，好可愛。」

第一次見到阿拉斯・拉瑪斯的佳織，興奮地看著小孩特有的舉動。

「阿拉斯・拉瑪斯，妳醒啦。」

「呼啊……小鈴姊姊……腳安……咦？」

阿拉斯・拉瑪斯起床後口齒不清地向鈴乃打招呼，然後發現自己周圍的狀況和睡前不太一樣。

「不是麥丹丹……這裡是那裡？」

「早安，阿拉斯・拉瑪斯妹妹。這裡不是麥丹勞，是肯特基喔。」

「滾特基？」

「是啊，姊姊！就是由那個可恨的天使當店長的地方！」

「「啊，喂！」」

即使是在佳織面前，艾契斯依然一如往常地和阿拉斯・拉瑪斯對話，讓千穗和鈴乃頓時慌了手腳。

「真可愛！哇~雖然看起來很年幼，但會說好多話喔！」

幸好佳織的注意力都集中在平常很少接觸的幼兒舉動上，所以似乎沒聽見艾契斯輕率的發言。

「不過艾契斯和阿拉斯・拉瑪斯雖然是姊妹，但年紀差滿多的呢？」

「沒有像外表差得那麼多喔。」

「……妳是誰？」

阿拉斯・拉瑪斯此時總算發現有不認識的人在，以有點警戒的態度問道。

「喔，啊，呃，那個，我、我啊，叫東海林佳織……」

突然被阿拉斯・拉瑪斯搭話的佳織因為不習慣應付小孩子，所以回答得有點慌張，千穗巧妙地介入：

「阿拉斯・拉瑪斯妹妹。這位姊姊是我的朋友，佳織姊姊喔。」

「……小佳姊姊？」

「糟糕，超可愛的，好像要流鼻血了。啊，這樣當然會想照顧她。要是和她變親近一定會想照顧她。要是被這種像天使的孩子這樣叫，絕對會想照顧她。」

「佳織，姊姊不是天使喔！」

千穗和鈴乃還來不及阻止討厭「天使」這個詞的艾契斯，後者就做出包含「阿拉斯．拉瑪斯是姊姊，我是妹妹」意義的發言，但佳織完全不在意。

「哎呀，我和真奧先生只見過幾次面，所以不太記得他長什麼樣子，但我記得他的頭髮是黑色。他的親戚應該跟他是遠親吧。」

「是、是啊……啊哈哈。」

「與其說是親戚，不如說是親子。」

「對、對啊！他們感情好到會被誤認是親子！」

千穗和鈴乃勉強接住了艾契斯的大暴投發言。

「親子……親子啊。」

但佳織從這段極為不自然的對話當中發現了一道光明。

「小、小佳？」

「佐佐。我啊，替妳想到一個完美得不能再完美又合情合理的偽裝了，呵呵呵。」

「佳織？」

「佳、佳織小姐……妳在說什麼？」

「聽好囉？阿拉斯・拉瑪斯雖然是真奧先生的親戚，但遊佐小姐也有幫忙照顧她。然後阿拉斯・拉瑪斯和艾契斯是姊妹，而且她們和佐佐與鈴乃小姐的感情非常好。我說得沒錯吧？」

「嗯、嗯……」

「是、是這樣沒錯……」

千穗和鈴乃緊張地等待佳織後續的發言，後者露出得意的笑容說道：

「如果想送真奧先生巧克力，就只剩這個方法了！」

佳織開始提出一個足以令人納悶為何千穗本人至今都沒想到的妙案。

※

「阿拉斯・拉瑪斯做的巧克力？」

「噓！艾、艾米莉亞，妳太大聲了！」

當天晚上七點。

結束從早上開始的排班到二〇二號室接阿拉斯・拉瑪斯的惠美，在從看起來異常疲憊的鈴乃那裡得知艾契斯在傍晚引發的笹幡北高中事件的經過後，感到非常頭痛。

最後不僅艾契斯和千穗的同學東海林佳織有所接觸，在聽見佳織為了讓千穗能在不給真奧壓力的情況下送他巧克力，提議利用阿拉斯．拉瑪斯的事情後，惠美真想直接昏倒。

按照佳織的說法，如果是「和扮演女兒的阿拉斯．拉瑪斯一起做的巧克力」，送給真奧時應該就不會給他太大的壓力。

「吶，貝爾。」

「什、什麼事？」

「雖然我現在才想到。」

「嗯、嗯……」

惠美沉重的聲音，聽起來更像出自惡魔的口中。

「不過只要打倒艾謝爾，魔王軍應該就會自然潰散吧。」

「……有這個可能。」

「說真的，這到底是怎樣啊！為什麼只要少了艾謝爾，那傢伙就變得這麼沒用啊！」

「這就是所謂的幕後功臣吧。」

「別鬧了！才過幾個小時而已喔？關於真奧在研修那裡收到人情巧克力的事，我才剛在店裡和明子小姐討論過『希望他別因此去找千穗商量奇怪的事』喔？」

「關、關於這件事，我也要負一點責任。」

「真要說起來，這都要怪魔王在艾契斯看得見的地方動搖地收下人情巧克力！」

「應、應該沒到動搖的程度吧。艾契斯也說他馬上就想到是人情巧克力……」
「那就別一臉嚴肅地找人商量，自己默默處理就好啊！」
「這、這麼說也沒錯……」
雖然覺得惠美說的話有道理，但就在鈴乃心裡納悶惠美今天的感情起伏為何莫名激烈的時候。
「小鈴姊姊，小鈴姊姊。」
原本在房間角落翻閱鈴乃的書和雜誌的阿拉斯・拉瑪斯，斜眼看向抱頭蹲下的媽媽，同時拉著鈴乃和服的下襬給她看某本雜誌的其中一頁。
「這個，這個好。」
雖然不曉得關於鈴乃和惠美的對話，阿拉斯・拉瑪斯究竟聽懂了幾分，但她偏偏翻開了情人節特輯的那頁，上面刊載了開在原宿表參道的知名巧克力專賣店的商品，名叫「愛之木」的作品上結滿了色彩繽紛的「心形果實」。
「唔！」
鈴乃繃緊表情，趁惠美抬頭之前迅速將雜誌闔起來。
「阿、阿拉斯・拉瑪斯，這要等妳長大後才能買。呃，因為很貴。」
「是這樣嗎？」

「就是這樣。吶？妳是個乖孩子，所以現在還不能給爸爸和媽媽看這個喔？好嗎？」

「……好。」

雖然阿拉斯·拉瑪斯看起來有點無法接受，但還是乖乖退讓。

鈴乃私底下捏了一把冷汗。

結滿鮮豔果實的樹型巧克力，無論如何都會讓人聯想到生命之樹，這可能會帶給真奧和惠美完全不同的壓力。

「然後呢？姑且不管什麼壓力，我也不是不能理解這個和阿拉斯·拉瑪斯一起做巧克力的提案。可是如果真的要這麼做……」

惠美將拳頭握緊到彷彿要滲出血的程度。

「不就連我都必須一起做巧克力了嗎？」

「唉，應該會變成那樣沒錯。」

鈴乃將視線從惠美身上移開，但並沒有否定。

先不論千穗的事情，如果要親手製作給「爸爸」的禮物，那阿拉斯·拉瑪斯當然會想和「媽媽」一起做。

不過雖說兩人現在的關係已經變得比較好，但這個活動姑且還是要讓女性贈送男性包含心意的禮物，鈴乃實在不認為惠美會想主動參加。

「……如果只是人情巧克力，那我也只能認為是無可奈何。」

「嗯？」

但在一開始的激動情緒平息後，惠美以意外冷靜的語氣說道。

「因為我之前回去安特・伊蘇拉，結果不管聖誕節還是新年，都沒讓阿拉斯・拉瑪斯體驗到吧？就這點來說，安特・伊蘇拉也有類似情人節的習俗，而且重點是阿拉斯・拉瑪斯自己說了想送『爸爸』巧克力吧。」

「是這樣嗎？」

「我有大致教過她。」

「真的嗎？」

這讓鈴乃在不同的意義上感到驚訝。

考慮到情人節的性質，一旦阿拉斯・拉瑪斯知道這個節日，惠美就不得不參加這項活動。

不過說到惠美和阿拉斯・拉瑪斯能一起送巧克力的對象，就只有諾爾德、真奧、蘆屋和漆原。

鈴乃驚訝地睜大眼睛，在發現阿拉斯・拉瑪斯正笑瞇瞇地看著和剛才不同的情人節特輯的巧克力目錄後，她重新將視線移回惠美身上。

「妳原本就打算送魔王巧克力嗎？」

況。

「與其說是魔王，不如說是包含『真奧先生』在內的幡之谷站前店的員工們。」

惠美說明以前在docodemo上班時有送人情巧克力的習慣，以及木崎禁止麥丹勞這麼做的情況。

「雖然講這種話對認真的千穗不太好意思，但只要和大家一起跟隨潮流送人情巧克力，就不會讓彼此想太多吧。所以我是覺得沒什麼關係。」

「因為妳已經先教過阿拉斯．拉瑪斯什麼是情人節，所以如果沒辦法利用職場掩護，就只能以個人名義交給他了。」

「唉，是啊。那個……」

惠美突然變得含糊其詞。

「……雖然這樣講有點任性，但我也一樣。要是讓魔王想太多會很麻煩，所以我本來也打算找方法掩飾。而今天的事情，更讓我確定自己不是多慮。」

「今天的事情，是指那位叫楠田的研修成員送他人情巧克力的事情嗎？」

「喔，是叫楠田小姐啊。」

惠美以有點冷淡的眼神複誦這個名字。

「魔王的個性很認真吧。」

「嗯、嗯，是啊。」

「所以說，那個……雖然我們現在已經不會再互相殘殺，但要是我送他人情巧克力，他或許又會想些奇怪的事。」

「什麼奇怪的事？」

「該怎麼說才好，我覺得我和魔王現在的關係，主要是建立在人情債和利害得失上。例如在之前的地下鐵事件中，我被迫求助於魔王，所以如果是作為那件事的回禮，那還可以接受。不過……」

惠美以略快的語氣整理心中的想法，鈴乃默默地聆聽。

「不過以個人名義送的人情巧克力，就不是這樣了吧。雖然只是人情巧克力，但還是包含了對對方有好感的意思吧。然而我到現在都還沒自信能對魔王抱持好感。對方應該也一樣。我已經沒辦法殺魔王，魔王也知道這件事。即使如此……」

「嗚？」

惠美將阿拉斯・拉瑪斯連同目錄一起拉過來，放在自己腿上。

「要是送他這麼好的東西，我們之間的關係可能會因此改變。」

阿拉斯・拉瑪斯翻開的是情人節的百貨賣場特輯報導，上面刊載了各種商品的資訊，從廣為人知的高級巧克力到價格實惠的人情巧克力都有。

「……是這樣嗎？」

「大概吧。」

惠美缺乏自信地點頭回答鈴乃的問題。

「我已經不恨魔王了，但這不表示我已經原諒他。魔王一定也明白這點。所以……」

惠美翻著雜誌，最後停在手工巧克力特輯的頁面。

「我覺得自己果然還是別準備人情巧克力比較好。當然阿拉斯·拉瑪斯應該會想送魔王巧克力，如果她本人想做，我也會提供協助。雖然對千穗不好意思，但我想讓阿拉斯·拉瑪斯以個人名義送巧克力給『爸爸』，所以希望千穗能找其他人當掩護。」

「艾米莉亞……」

「而且雖然千穗說不想給魔王壓力，但如果不一點一點地對他施壓，我想魔王一定會認為千穗願意等到戰鬥結束為止，然後真的完全不去想這件事。這樣到時他一定又會開始煩惱。」

這的確是很有可能發生的狀況。

「所以如果千穗想送魔王巧克力，我覺得她可以像以前那樣直接坦率地傳達自己的心情。啊，可是……」

惠美突然抬起頭苦笑。

「關鍵的千穗又是如何？她也贊成佳織的提案嗎？」

「坦白講，有點微妙呢。」

在那個瞬間，千穗確實對佳織——

『原來如此！還有這招啊！』

做出了這樣的回覆。

「她目前有和艾米莉亞提起這件事嗎……」

「沒有。」

惠美拿起手機確認有沒有新簡訊，但千穗完全沒有聯絡她。

「她果然只是在不知道安特．伊蘇拉詳情的朋友面前，配合對方的話題嗎？」

如果千穗想請阿拉斯．拉瑪斯幫忙，就一定會把惠美也捲進來。

不過站在千穗現在的立場，她應該不敢和惠美說想送真奧情人節巧克力吧。

理由果然是千穗本人也明白釐清自己和真奧之間的關係，並沒有比滅神之戰的事情重要。

「讓那女孩配魔王真是太浪費了。」

「沒錯，這點我也同意。」

「不過這本來就沒什麼道理可言……」

戀愛就是這種東西。

「……吶，貝爾。」

「嗯？」

「妳有戀愛過嗎？」

「沒有呢。」

鈴乃的回答快到不自然，讓提問的惠美大吃一驚。

「是嗎？」

「唉……說來寂寞，我的家世讓我無法期待自由戀愛，職場的環境也不適合做這種事，最重要的是……沒有讓我想排除這些困難的男性。」

原來如此，鈴乃也走過一段和惠美完全不同的嚴苛人生。

在那當中，應該沒有能夠熱衷於戀愛的時間吧。

「艾米莉亞又是如何？」

「嗯……我應該……算有過吧。」

「應該？」

「正常來講，那應該不能被稱做是戀愛吧。因為我喜歡的對象是爸爸。」

「嗯。」

鈴乃苦笑。

「那差很多呢。」

就和女孩子小時候說將來要和爸爸結婚一樣。

「我以前沒有『媽媽』，不管做什麼都只能跟在爸爸後面……他既堅強又可靠，雖然還是有些少根筋的地方，但無論何時都會保護我。」

「……艾米莉亞，等一下，妳……」

「不對，不是妳想的那樣。」

「媽媽？」

惠美將臉貼在阿拉斯‧拉瑪斯的後腦杓上，露出沒人看得見的笑容。

「如果真的發自內心原諒他，或許結果就會不一樣。」

這是惠美毫無虛偽、發自內心的話語。

「……現在想太多也沒用。如果千穗說想這麼做，那到時候再考慮吧。我今天和艾美跟艾伯約好在那邊（安特‧伊蘇拉）見面，沒意外的話，下次最快也要情人節當天才能和千穗見面。」

「喔、喔。」

鈴乃愣了一下，阿拉斯‧拉瑪斯從大腿上跳下來，抬頭看向惠美。

「話說貝爾今天會繼續留在笹塚嗎？」

「是啊。因為忙到一半就被艾契斯打擾，所以我想再整理一下後院的菜園。」

「我知道了。我會回永福町一趟，等換好衣服並稍做整理後再過去，總之我今天就先忙到這裡。阿拉斯‧拉瑪斯，要回家囉。把書收拾好。」

「喔！」

在惠美的吩咐下，阿拉斯・拉瑪斯將看到一半的書全部闔起來，以她自己的整理方式疊在房間角落。

惠美穿上外套，在替阿拉斯・拉瑪斯戴上毛線帽時突然向鈴乃問道：

「吶，貝爾。」

「嗯？」

「妳經常和千穗與艾謝爾一起替魔王他們做晚餐吧？」

「是啊。」

「魔王平常會挑食嗎？」

「這個嘛，我以前也有和千穗小姐稍微討論過，魔王雖然經常對路西菲爾說教，但他對食物的喜好其實和路西菲爾很像。簡單來講，就是喜歡味道重的東西、肉類和碳水化合物。講難聽一點就是小孩子口味。話雖如此，他也不是不吃蔬菜和魚。所以應該算是不挑食吧？」

「這樣啊，那甜食呢？」

「雖然很少看見他吃甜食，但我剛來日本時，艾謝爾有說過要用電鍋做蛋糕，千穗小姐也曾經帶冰淇淋來給他們吃，所以應該不至於不吃吧。」

「我知道了，謝謝。那我先走囉。」

「小鈴姊姊！拜拜！」

「嗯，路上小心。阿拉斯・拉瑪斯也一樣。」

惠美沒有回頭，只有阿拉斯・拉瑪斯確認著努力穿好的鞋子觸感，轉頭向鈴乃揮手道別。

聽著兩人走下公共樓梯的聲音逐漸遠去，鈴乃準備重新鎖門——

「嗯？」

但她因為突然覺得有點不對勁，而不自覺地停止動作。

「嗯嗯嗯？」

惠美回去前，似乎說了什麼奇怪的話。

感覺自己似乎回答了什麼平常不會提到的事情。

鈴乃原地思索了一會兒，但還是在想不出哪裡有異的情況下鎖上門。

之後她看了一下時鐘，心想「雖然還有點早，但是不是該準備去澡堂」時——

「啊。」

她突然想通剛才的惠美到底那裡奇怪，露出豁然開朗的表情。

沒錯，平常只有千穗會在意魔王城的人們喜歡吃什麼，這是她第一次和惠美聊到這個話題，所以才會感到有點在意。

「原來是這樣啊……」

鈴乃的思緒突然從萬里無雲的晴朗狀態急轉直下，變成充滿無論何時下暴風雨都不奇怪的厚重積雨雲。

「咦？」

惠美想知道真奧喜歡吃什麼。

「咦咦？」

這到底是為什麼？

「艾米莉亞？」

鈴乃傻眼地對著已經不在的惠美，發出不構成問題的呼喊。

「媽媽，等一下，妳走太快了。」

阿拉斯・拉瑪斯全力擺動短小的四肢，拚命追趕以異常快速的步伐走在笹塚夜裡的惠美，毛線帽頂端的毛球也配合她的步伐激烈地搖晃。

「啊，對、對不起。」

相對地惠美直到被阿拉斯・拉瑪斯這麼說後，才發現自己走太快了，她連忙停下腳步轉身，阿拉斯・拉瑪斯順勢抱住惠美的腳。

「媽媽看招。」

「呀！喂、喂，阿拉斯・拉瑪斯，這樣很危險耶。」

惠美對嬉鬧的阿拉斯・拉瑪斯露出苦笑，但在路燈下抬頭仰望她的「女兒」接下來的問題，讓她啞口無言。

「媽媽，妳沒事吧？妳的臉好紅。」

「……唔。」

惠美忍不住摸了一下自己的臉。

即使這麼做，現在畢竟是冬天的夜晚。

只要將手貼到臉上，就會發現身體的體溫比較高，但無法確認自己的臉是否真的「變紅」了。

何況現在兩人正在路燈底下。從阿拉斯・拉瑪斯的位置來看應該是逆光，所以或許是阿拉斯・拉瑪斯搞錯了。

「……吶，阿拉斯・拉瑪斯。」

「有！」

惠美先在自己心裡找藉口推託，然後總算脫口問道：

「阿拉斯・拉瑪斯喜歡爸爸嗎？」

「嗯呵呵～喜歡。」

雖然表現得有點害羞，但阿拉斯．拉瑪斯仍笑嘻嘻地說道。

「……這樣啊。」

惠美點頭，沉默了一會兒——

「哇？媽媽？」

將阿拉斯．拉瑪斯的帽子往下拉。

然後她蹲下抱緊阿拉斯．拉瑪斯。

「……吶，阿拉斯．拉瑪斯。」

「哇噗。」

雖然被抱緊的阿拉斯．拉瑪斯看不見前方，但她仍笑瞇瞇地抱住惠美的脖子，另一方面，惠美的臉背對路燈的光線，讓她的表情被陰影覆蓋。

「不曉得……」

所以誰也沒看見她的表情。

「爸爸收到什麼樣的巧克力會高興……」

※

晚上十點半。

比打烊時間稍微早一點下班的真奧，在看見公寓二〇二號室的燈亮著後，不禁稍微挑起了眉毛。

「鈴乃今天還會待在這裡啊。」

雖然鈴乃並不會特別照顧真奧，但光是知道這棟偌大的建築物裡不只自己一個人，就讓他覺得心情變暖了一點。

真奧走上樓梯，開始思索今晚睡前要做哪些事。

「你回來啦。」

「喔哇？」

鈴乃打開公共走廊上的門從二〇二號室探頭出來，讓真奧嚇了一跳。

「什、什麼事？」

「……」

明明看起來是在等真奧，但鈴乃只是默默地盯著他看。

「鈴乃？」

「雖然我有很多話想說。」

「啊？」

「但你是不是應該態度堅決一點，讓自己有多點魔王的樣子。」

「妳幹嘛突然說這種話！」

鄰居對剛回家的真奧講的第一句話，就是令人極為遺憾的內容。

「囉唆。不過是收到人情巧克力就難看地動搖，就是因為你總是這副德性，才會讓周圍的人承受多餘的辛勞。」

「給我等一下！為什麼妳會知道這件事……是惠美說的嗎？還是艾契斯？」

直到昨天都還在安特・伊蘇拉的鈴乃，居然今天就知道這件事，那表示走漏消息的人不是曾陪真奧商量的惠美，就是當時也在現場的艾契斯。

「兩邊都有說。尤其是艾契斯，她今天真的是把我整慘了。」

這句話為真奧帶來了雙重的打擊。

「兩、兩邊都有？把妳整慘了，喂，艾契斯今天做了什麼……」

「我不想說了。如果你無論如何都想知道，就去問艾契斯本人或千穗小姐吧。」

「嗯嘎！」

這與其說是回應，不如說是真奧無意識發出的聲響。

為什麼這時候會提到千穗的名字？

鈴乃無視真奧的困惑，繼續發洩般的說道：

「你這傢伙……到底有什麼打算？我最近開始搞不清楚你活著到底是為了什麼。你平常到底都在想什麼？」

「想什麼，妳怎麼把我講得好像漆原……」

「我不管你是想以魔王的身分征服世界，還是想以人類的身分當上正式職員，但你的名字到底是『魔王』？還是『正式職員』？名叫撒旦的惡魔和名叫真奧貞夫的人類，在既不是魔王也不是正式職員的時候，到底是在為何而活。」

「……發生什麼事了？」

語氣難得變嚴厲的鈴乃，看起來彷彿隨時會哭出來。

「什麼也沒有！」

雖然看起來不像沒事，但真奧無法繼續追問下去。

快壞的日光燈嗡嗡作響，顯得莫名刺耳。

「吶，魔王。」

「……嗯。」

「我不知道魔界是個什麼樣的地方，也不曉得你是如何當上魔王。不過你讓艾謝爾、路西菲爾、卡米歐、馬勒布朗契和其他許多惡魔都服從自己，並統一了魔界吧。」

「呃……是啊。」

「因為當時的你是比魔界的任何惡魔強悍、有魅力又度量宏大的男人，所以才當上了『王』吧？能不能也讓我們見識一下你寬宏的度量。這樣下去，身為惡魔大元帥之一的我，實在無法尊敬自己的主人。」

「……妳還真的只有對自己有利時會使用這個身分。」

「雖然你可能是這麼覺得，但我只有在該用的時候才會用。」

鈴乃遺憾地皺起眉頭，用因寒冷顫抖的手輕輕抓著和服的下襬。

「就算我想在主人，在魔王迷惘的時候提供協助，你會願意聽區區人類……聽身為敵人的大法神教會的訂教審議官的話嗎？應該不會聽吧？」

「這個嘛，的確是這樣沒錯。」

「那我只能用惡魔大元帥的身分了吧？否則根本無法成為你的助力。」

「鈴乃？」

因為感覺自己似乎聽見了什麼奇妙的話，真奧露出驚訝的表情，鈴乃則是在回過神後忍不住用原本抓著和服的手遮住自己的嘴巴。

「總、總而言之。」

「嗯、嗯。」

「我只是想叫你振作一點。」

「我知道了。那個，對不起。我會銘記於心。」

「……就這樣了。」

鈴乃在乾燥的走廊上掀起一陣風，準備回房間。

「吶，鈴乃。」

「什麼事？」

鈴乃沒有回頭，只是停下腳步。

「我可以順便丟臉地問一件事嗎？小千……」

「不行。」

「…………咦？」

「我不想聽，也不想說不負責任的話，就算聽了也無話可說。因為我沒有……所以不想輕率發言。」

「什、什麼？沒有什麼？」

「如果千穗小姐對你來說是個重要的人，你就要自己去找答案。再見了。」

說完後，鈴乃這次沒等真奧回答就返回二〇二號室。

除了最後的上鎖聲外，真奧再也沒感覺到任何氣息或聲音，但他還是暫時呆站在原地。

儘管鈴乃看起來只顧著自說自話，但鈴乃白天一定是遇到了什麼讓她必須特地等真奧回來說這些話的事情吧。

「……啊。」

真奧用力搔頭，像是為了壓抑內心的騷動般粗魯地關上二〇一號室的門。

即使他知道自己的周圍已經產生變化，以及就算這麼做，一切也無法恢復成像過去那樣曖昧的狀態。

「…………唉。」

鈴乃甚至無法跨過玄關前的空間，直接當場蹲下。

她摀著臉輕輕吐出的氣息，在不知何時開始下降的室溫中染成白色。

「這個大騙子。」

她將手從臉上移開，緊盯著自己的手掌。

過去曾因為「聖務」被血弄髒的手掌，現在已經是只聞得到洗手乳桃子香味的乾淨手掌。

是無論在日本、地球還是安特・伊蘇拉都顯得普通的女性手掌。

「大騙子。」

鈴乃再次低喃。

「就算繞遠路也需要理由嗎？」

無論Villa・Rosa笹塚的牆壁再怎麼薄或廉價，都絕對不能讓這個聲音外漏。

然後像是為了擺脫說出這種喪氣話的自己般，鈴乃猛然起身。

「……到底那裡不同了。」

隨手脫掉草鞋走上榻榻米後，鈴乃看向放在瓦斯爐上的鍋子。

明顯超出鈴乃一餐分量的馬鈴薯燉肉，正浸在湯汁裡。

「什麼確信，根本都是狗屁。」

鈴乃本來打算開瓦斯爐的火，但馬上就放棄了。

「明明愛說謊又不坦率，但又沒有強烈到想搶先別人的慾望。」

鈴乃蓋上鍋蓋，鋪好棉被，然後俐落地解開腰帶換上睡衣，躺到地板上。

「到頭來，我根本沒資格說別人。這算什麼訂教審議官啊。」

留下這段乾涸的低喃後，鈴乃閉上眼睛。

就在這時候。

「嗯？」

放在枕邊的手機響起收到簡訊的提示聲。

拿起來打開後，顯示在螢幕上的名字是蘆屋四郎。

「艾謝爾？」

蘆屋應該正待在安特·伊蘇拉的魔王城，所以他傳來的簡訊，實質上是利用概念收發（idea-link）的遠距離通訊。

以為是什麼緊急聯絡的鈴乃打開簡訊，發現上面記載了令人意外的內容。

『已經找到諾統和偽金的魔道。我想跟妳討論搜索剩下的阿斯特拉爾之石和回收亞多拉瑪雷基努斯的魔槍的方法。請跟我聯絡。』

為了修復同時是滅神用方舟的安特·伊蘇拉魔王城，需要四樣零件，而其中兩樣很快就找到了。

既然推測在魔界的三樣零件已經找到兩樣，那剩下的那個也只是時間的問題。

這麼一來，目前最大的問題，就是該如何平穩地回收目前在人類手上的最後一樣零件——亞多拉瑪雷基努斯的魔槍。

「不曉得這時機算好還是算壞。」

鈴乃苦笑道。

「但這樣就能稍微繃緊神經了。不管是我，還是大家。」

鈴乃簡短回覆自己了解後，就將手機切換成勿擾模式，靜靜閉上眼睛。

魔王與勇者，沒有出場的機會

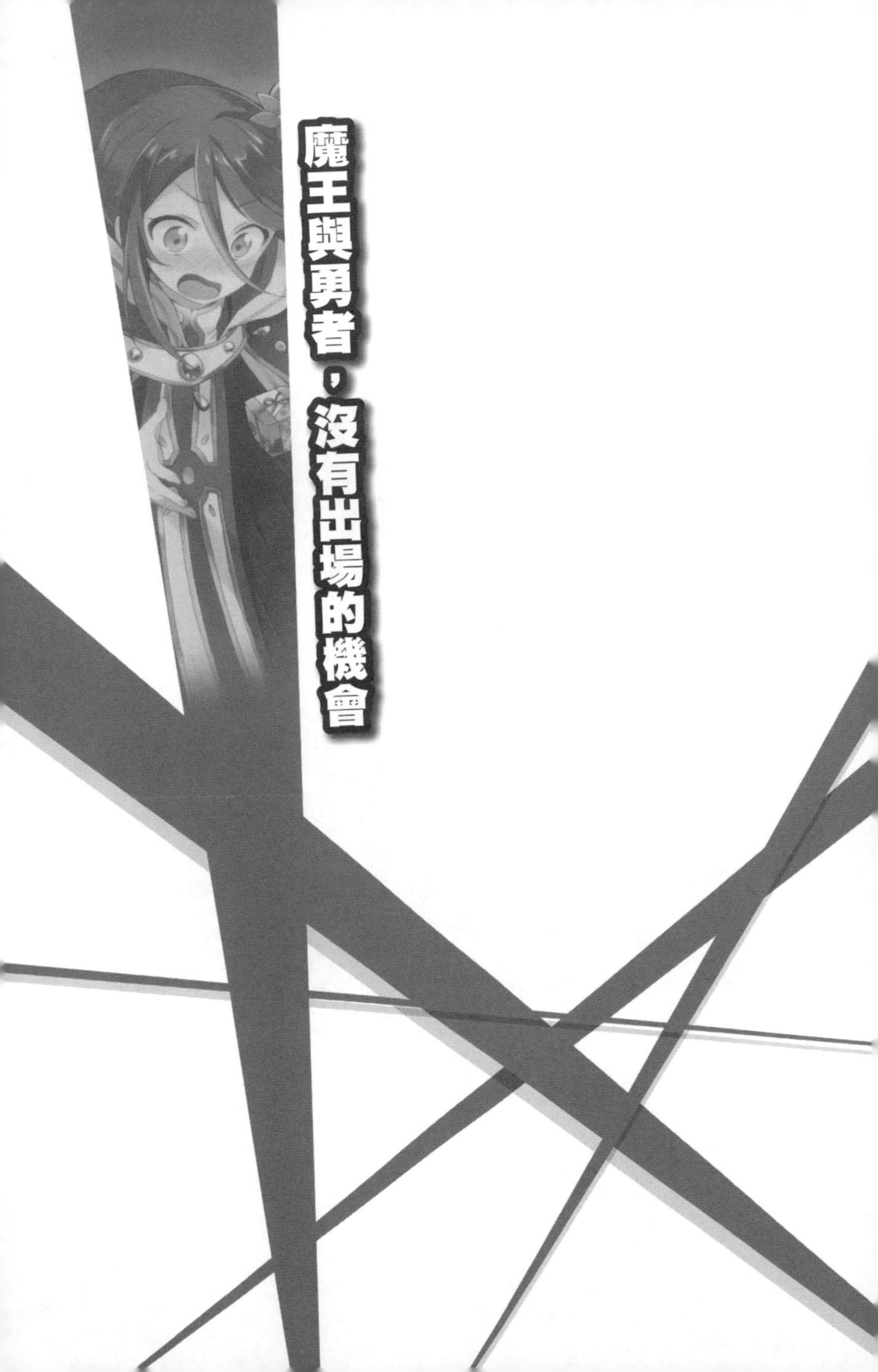

「在魔界的認知當中，亞多拉瑪雷基努斯的魔槍，是魔界的大豪族蒼角族代代都會連同那個名字一起繼承的武器。只要是認識亞多拉瑪雷克的人類或實際和他戰鬥過的人應該都知道，即使看在魔界惡魔的眼裡，那把槍依然是又大又長。」

「是啊，光是槍柄的直徑，就和城堡的梁柱差不多了。」

這對平常出入Villa・Rosa笹塚二〇一號室的人們來說，是副極為異常的光景。

「蒼角族擅長使用和水與冰有關的魔法，據說也和這把魔槍的力量有關。之所以派亞多拉瑪雷克擔任鎮壓北大陸的總指揮官，也是因為那裡水資源豐富且位於北極圈附近。」

「這麼說我就懂了。北大陸被亞多拉瑪雷克鎮壓時，大陸各處都出現由冰構成的樹。雖然我們習慣稱那為『冰樹塔』，但在知道那其實是亞多拉瑪雷克為了監視北大陸全境，一個人將魔力注入地下水後造成的魔力產物時，我真的是嚇了一大跳。」

這是設立在中央大陸的伊蘇拉・聖特洛遺址，由暫稱為東西大陸聯合滅神隊的集團設立的基地總部中的一幕。

鈴乃在從蘆屋那裡收到已經找到兩件重要物品的通知後立刻趕來，然後發現主導會議的居然是漆原和艾伯特這兩個只能用奇特到不能再奇特來形容的人。

光是堪稱沒勁家裡蹲模範的漆原居然積極主持會議這個現象，就已經足以在這個由異常凝聚而成的狀況上再塗上兩層祕傳醬汁的荒謬場景。

真奧、惠美和千穗都沒參加這場會議，蘆屋正在東大陸出差，艾美拉達也為了避免惹人懷疑而暫時返回聖・埃雷，所以唯一覺得這副光景詭異的鈴乃，非常遺憾找不到能和自己共享這份心情的同伴。

「雖然這是我們唯一從一開始就知道所在地的零件，但因為某個理由，我們直到找出諾統和偽金的魔道為止都沒有計畫去取。」

「唉，因為勇者一行人（我們）在戰勝亞多拉瑪雷克後，就將那把槍送給北大陸的人當紀念了。」

「這次的天界入侵作戰，最好能避免被目前的成員以外的人知道。雖然海瑟・盧馬克也有參與，但在聖・埃雷，就連皇帝和執政廳都不知道這件事。要是這時候北大陸的人跑來介入，情況就會麻煩到讓我想撒手不管。」

「簡單來講，我們想藉由這場會議募集意見，討論到底該怎麼利用有限的人力，平穩地將亞多拉瑪雷克的遺產從北大陸那裡搶過來。」

除了負責主持會議的漆原和艾伯特以外，鈴乃、盧馬克、法爾法雷洛、萊拉和諾爾德也有出席。

「雖說是『送給北大陸的人當紀念』，但實際上那把槍現在的狀況究竟是如何？」

成員中唯一的普通人諾爾德有點膽怯地問道。

「關於這個問題，還是直接看這個比較快。」

接著漆原拿出平常用的筆電。

螢幕上顯示出一張照片，內容是一座建在高山上的城市。

「順帶一提，這個影像是我請馬勒布朗契的頭目西里亞特，拿著真奧的數位相機去拍的。他們的手腳明明看起來不好用，卻意外地靈活。然後照片上的城市，是北大陸的連合首都菲恩施，通稱『山羊圍欄』。」

由外觀獨特的低矮磚屋組成的城市，一直延伸到平地，但在城市當中，有一個面積占整座城市五分之一的空地。

雖然看起來像過度寬廣的運動場，但空地中心屹立著某個像紀念碑的東西。

漆原操縱鍵盤，放大照片上的紀念碑後，眾人便能看出那是一個由金屬打造、宛如巨大梁柱的物體。

「好厲害。這繪圖真是詳細……好想要這個。」

雖然不曉得這是針對什麼的感想，但盧馬克在看見電腦上的高畫質照片後倒抽了一口氣。

「可別拿來濫用啊。」

艾伯特說完後，盧馬克猛然回過神，將往前探的身子縮回去。

「這只是舊型號的便宜貨，我隨便都能介紹一堆更好的給妳。」

漆原還是老樣子，對真奧買電子產品的品味發表辛辣的評論。

「唉，不過這張照片姑且把該照的都照進去了。看起來一目瞭然吧。亞多拉瑪雷基努斯的魔槍被當成擊倒魔王軍北方元帥的紀念碑，象徵性地裝飾在山羊圍欄的正中央。」

亞多拉瑪雷基努斯的魔槍彷彿從一開始就是「山羊圍欄」的一部分，以其威容莊嚴地俯瞰這座北大陸最大的城市。

槍柄的末端陷入地面，周圍被用類似水泥的東西包覆補強，讓人能直接走到槍的旁邊。

那個外觀看起來就像是祭祀亞多拉瑪雷克的墓碑，許多人都聚集在槍的周圍安詳地用餐，或是將那裡當成會合地點，簡直就像個觀光景點。

「這樣大家應該能夠明白，不管是想擅自拿走那把槍或是請對方讓給我們，都沒那麼容易了吧？」

漆原這句話，讓鈴乃、盧馬克和發問的諾爾德都深深點頭。

儘管在嚴苛的地理環境中聚集了許多少數民族和氏族國家，那裡依然被稱為「五大陸中最和平的大陸」，這完全是因為菲恩施亦即「山羊圍欄」發揮的功能。

北大陸每五年就會召開一場名為支爾格，召集各氏族代表參加的大陸聯合會議。

在支爾格期間，會舉辦一場決定北大陸全體的統一代表者「圍欄之長」的選舉。

選舉期間長達整整兩週，這段期間，北大陸全境的人、產物和文化風俗都會聚集到山羊圍欄，舉辦熱鬧的祭典。

由從北大陸境內所有氏族挑選出來的精兵組成的「岳仙兵團」也同時被召集，如果氏族之間有無法靠談話平息的嚴重紛爭，也會透過讓兵團成員互相比試來解決。

因此在北大陸的歷史中，很少像其他大陸那樣發生以血洗血的大戰，各氏族絕對不會侵犯彼此的地盤，在發生危機時也會展現出非比尋常的團結，但平時則是貫徹互不干涉的方針。

所以他們對亞多拉瑪雷克抱持的感情和想法，和其他大陸對其他惡魔大元帥的看法截然不同。

「雖然我之前也有大概和貝爾提過，但亞多拉瑪雷克搞不好還有可能會被北大陸的人們接納。」

「這是怎麼回事？為什麼會變成那樣？」

盧馬克驚訝地問道。

盧馬克在魔王軍入侵時擔任西大陸近衛騎士團的副團長，而當時鎮壓她祖國的人，正是今天在她面前擔任主持人的漆原。

征服西大陸的漆原亦即路西菲爾軍，雖然狀況不像南方的馬納果達軍那麼嚴重，但也不像東方的艾謝爾軍那麼有秩序，所以為西大陸帶來了許多犧牲者和混亂，那裡甚至被當成魔王軍損害的平均指標。

盧馬克實在難以想像在人類勢力當中，會有人能夠接受同樣是侵略者的惡魔大元帥。

「單純只是亞多拉瑪雷克的性格和北大陸人的精神性質比較搭吧。簡單來講，就是個成熟的人。」

「呵呵。」

以前也聽過這套說法的鈴乃，在聽見艾伯特委婉的說法後忍不住露出微笑。

「他剝奪岳仙兵團的裝備，將他們放逐到大陸外後，便讓『圍欄之長』召開支爾格，當場說明自己的征服政策，也姑且會讓不服的氏族表達意見。雖然實際上反抗的傢伙後來都被血祭了，但他也有接受部分的意見。該怎麼說才好，對北方的人們來說，只要他不是一個無法溝通的人就夠了。」

當然北方的人們並非積極地接受魔王軍的占領行動，不過和其他大陸相比，亞多拉瑪雷克是個讓他們覺得「輸得心甘情願」的對手。

「該怎麼說才好。我本來以為亞多拉瑪雷克是個連腦袋都是肌肉的傢伙。沒想到他也會耍這種討人類歡心的花招。」

「路西菲爾，盧馬克的表情很恐怖，所以你稍微閉嘴一下。」

「好痛！」

身材高大的艾伯特，用手肘頂了一下在旁邊嘮叨的漆原。

現場確定和漆原是敵對關係的人類，就只有盧馬克一人。

艾伯特是在路西菲爾被勇者艾米莉亞討伐後，才成為惠美的夥伴，因此身為直接加害人和被害人的漆原與盧馬克之間的關係，可以說是極度微妙。

「總之問題在於無論是北大陸的各氏族或菲恩施，都已經將亞多拉瑪雷克的占領政策當成自己的歷史接受了。再加上北方出身的我和艾米莉亞他們一起打倒了那傢伙，所以對北大陸的人們來說，他留下的槍同時象徵敗北與勝利，是一樣能夠代表歷史轉捩點的物品。」

「麻煩的是我們需要那把槍。明明那原本就是魔界的東西。」

「閉嘴啦。」

「然後呢？現實上的問題是，艾伯特先生認為他們有可能將魔槍讓給我們嗎？」

鈴乃試著問道。

「就是因為絕對不可能，所以才會把大家請來這裡。」

艾伯特直截了當地回答。

「不管怎麼做都一定會起衝突。一個不小心或許還會刺激到南大陸。」

「……我想也是。」

鈴乃低喃道。

雖然真奧和惠美是為了阿拉斯・拉瑪斯行動，但實際上盧馬克和八巾騎士團行動的理由，是為了打倒伊古諾拉，以迴避安特・伊蘇拉人在遙遠的未來可能遭遇的滅亡危機。

為了迴避這狀況，有必要搜索諾亞齒輪，讓魔王城升空，人類與惡魔也不得不攜手合作。

然而實際的狀況是，要不是神聖・聖・埃雷帝國的盧馬克和艾美拉達與真奧合作，艾夫薩汗帝國的統一蒼帝傅俊彥和蘆屋基於私人關係聯手，他們根本就做不到這種事情，全世界大部分的國家都不曉得這項作戰，連勇者艾米莉亞和魔王撒旦還活著的消息都還沒外流。

一旦這項作戰被公開，可以確定比起實情，一定是「聖・埃雷的海瑟・盧馬克和艾夫薩汗的統一蒼帝與惡魔私下聯手」的情報會擴散得更廣，這麼一來不只北大陸和南大陸，就連西大陸的各個國家都會迸出懷疑的火花。

所以即使是要拯救人類，依然沒有任何人提議應該向全世界徵求協助。

只有和真奧與惠美關係親近的人，才能夠真正理解質點和生命之樹的實情，如果是對大法神教會的教義感到陌生的地區，光是要讓當地人接受，就要花上好幾十年。

如同前述，光是必須和惡魔聯手這點，人類方就已經無法達成共識，何況是要討伐連是否存在都不知道的「神」，不可能有國家會接受這樣的目的。

除非有像魔王軍那樣現實的迫切危機出現，否則人類絕對不可能攜手合作，為了復興中央大陸所編組的五大陸聯合騎士團內部的政治鬥爭，就是最好的證明。

而且在魔王軍撤退後，這種爭奪權力的狀況已經像人類的微血管般，滲透進世上的所有國家與政經組織內，不斷吸取名為慾望的養分。

所以盧馬克、艾美拉達和統一蒼帝他們，才會想只靠自己解決這件事。

這樣才能讓所有事情進展得更加順利，只要是尚未公開的作戰，就能將爭奪權力的狀況壓抑在最低限度。

雖然聖・埃雷和艾夫薩汗承受的負擔的確因此變大，但和挑戰生命之樹與天界造成的損失相比，能夠比誰都早一步處理世界必須面對的問題帶來的利益，遠比這些負擔要高。

當然聖・埃雷和艾夫薩汗心裡各自都還有其他企圖，但可以確定如果想發起滅神之戰，最有效率的方法就是採用目前的體制。

問題在於亞多拉瑪雷基努斯的魔槍，偏偏是被留在相當北大陸聯合首都的菲恩施。

想在完全不讓北大陸人民知道任何事的情況下拿走魔槍，不論在物理上、政治上或心情上都絕對不可能。

「就算要和他們交涉，光是我們這邊必須派誰當代表就是個問題。雖然艾伯特先生無可避免地必須出面，但也不能只交給他一個人。」

「問題就在這裡。雖然這樣講有點怪，但就算大家都讚頌我是勇者的夥伴，回到老家後我還是被當成小鬼看待，面子也沒大到能安排大家與氏族之長們會面。既然事關亞多拉瑪雷克的遺物，那當然也得和圍欄之長交涉。這麼一來，就連艾美的分量都不夠。在我們當中能以使者的身分和對方平等交涉的，大概就只有盧馬克和艾米莉亞了。」

雖然圍欄之長沒有像皇帝那樣能對所有氏族發號施令的絕對權限，但仍擁有一定程度的發言力。

所以只有非常了解這股力量且不會濫用權力的人，會被推選為圍欄之長。

先不論北大陸內的情況如何，如果外人想見圍欄之長，最後還是必須派遣最高等級的公使才有機會。

「既然如此，就派艾米莉亞去吧。只要好好跟她說明情況，她應該不會拒絕吧。」

「駁回。那樣還不如派我去。雖然會多花點工夫，但事後比較不會有麻煩。」

盧馬克立刻駁回漆原的意見。

「如果讓艾米莉亞去，只會把事情鬧得更大。視圍欄之長的反應而定，或許會像艾夫薩汗時那樣，引發另一場圍繞艾米莉亞力量的騷動。那不如派我去，這樣即使發生什麼問題，也只有我和聖・埃雷得負責。」

「等一下，盧馬克。現在要是少了妳，人類方的勢力可能會失衡。畢竟統一蒼帝都親自出手了，即使有艾美、貝爾和我在，還是很難應付艾夫薩汗。」

「不管哪裡都在爭奪權力啊……真受不了。」

鈴乃輕輕嘆了口氣。

即使人類正面臨危機，還是難以擺脫政治與金錢的問題。

這項連聖・埃雷皇室都不知道的作戰，要是傳進盧馬克和艾美拉達以外的聖・埃雷執政部門的耳中，兩人一定會被帝國議會彈劾，再也無法參與之後的作戰。

再加上這會讓許多北大陸的人發現西大陸和聖・埃雷形跡可疑，所以派盧馬克出馬實在不是個好主意。

「話雖如此，派艾米莉亞去只會更慘。雖然北大陸的確有可能會因此做出正面的回應，但南大陸將會徹底被排擠。而且多虧之前在蒼天蓋發生的騷動最後只被當成是謠言，所以各國目前都只有稍微懷疑艾米莉亞可能還活著。一旦北方的氏族聯合公開發表艾米莉亞尚在人世，艾米莉亞將會永遠失去安穩的生活。甚至還可能會為異世界日本帶來麻煩。」

「人類真是麻煩。路西菲爾大人說得沒錯，魔槍原本就是亞多拉瑪雷克大人的東西。如果你們人類必須先想一堆歪理才能拿回來，那不如直接讓我們惡魔去搶。這樣也不會給人類們的國家添麻煩。」

「說得好啊，法爾法雷洛，我就是在等這種意見。」

雖然漆原對這個單純明快的意見表示贊同，但馬上就被艾伯特敲了一下頭。

「等一下啦，笨蛋！喂，那邊那個馬勒布朗契！你該不會忘了你們有好幾個頭目，就是因為這樣才被艾夫薩汗的義勇軍殺掉吧！要是惡魔們在現在這個和平狀態成群結黨地襲擊山羊圍欄，搞不好五大陸聯合騎士團會開始認真掃蕩惡魔的餘黨喔。要是他們進攻魔王城，那事情可就不是只有前往月球那麼簡單。」

「哼，那又如何。從剛才那些話聽來，即使交給你們人類處理，也不可能在不造成任何犧牲或麻煩的情況下回收魔槍。」

艾伯特和盧馬克，都因為被惡魔戳中痛處而皺起眉頭。

「雖然魔界過去的確有許多肆無忌憚的惡魔，最近也因為我們而變得動盪不安，但如今在魔王大人的號令下，我們已經做好團結行動的準備。然而你們人類卻將眼前的名譽和慾望，看得比子孫們的未來還重。這樣我實在不認為滅神之戰能夠成功。」

「法爾法雷洛，請你別這麼說。即使如此，我們還算是有進步了。」

「……哼。」

儘管法爾法雷洛對艾伯特和盧馬克毫不客氣，但對姑且擁有惡魔大元帥頭銜的鈴乃，還是會表示一定程度的尊重，所以一被勸誡就乖乖退讓。

「艾伯特先生，我有個主意，不如讓我透過訂教審議會，以調查魔王軍遺物的名義向北大陸借用魔槍怎麼樣？等戰鬥結束後，我會確實奉還，只要做出最低限度的說明，對方的反應想必也不會太壞吧？」

「這樣或許是有機會借到，但北大陸一定會派人隨行。而且最後還不是運到教會的大本營聖・因古諾雷德，而是中央大陸，這點要怎麼向對方說明？要是能讓對方什麼都不過問，等一切結束後再好好說明，那我們就不必這麼辛苦了。」

「……這麼說也有道理。畢竟我們要帶走屬於北大陸的財產。」

「其實這也是個問題。就算我們真的想出什麼好方法，順利將槍帶出來，也絕對會有北大陸的人隨行。如果對方是講道理的人倒還好，但如果是會吵著說大陸或氏族利益如何的傢伙，那在魔王城升空前，就會先產生爭執。搞不好北大陸和西大陸，會在我們於月球戰鬥的期間開戰。」

「真麻煩。那到底該怎麼辦才好。」

結果所有人提出的意見都被艾伯特一一駁回，會議現場的氣氛也開始變得倦怠。

「話說艾伯特・安迪，為什麼你在北方會這麼沒影響力？姑且不論艾美拉達・愛德華，艾米莉亞光靠勇者這個身分，就讓聖・埃雷的近衛將軍海瑟・盧馬克像這樣為她行動囉？」

「吵死了。雖然我後來的確成了勇者的夥伴，但在那之前是岳仙兵團的兵團長，而且還背負著曾慘敗給你們的汙點，戰後主要也是和艾美一起在西方行動。此外跟你們戰鬥時發生了不少事，導致我跟氏族目前的有力人士處得不太好。」

艾伯特有點尷尬地怒罵道。

「而且現任圍欄之長迪恩．德姆．烏魯斯不僅曾在亞多拉瑪雷克的征服下統率所有氏族，還是率先提議將他的槍當成紀念碑的人。我對北方的貢獻，還沒大到能要求那種大人物把槍借我的程度……」

「等、等一下，艾伯特先生！」

「……啊？什麼事？」

驚訝地打斷艾伯特的，是至今都在一旁默默旁聽會議的萊拉。

「你剛才說現在的圍欄之長是誰？」

「啊？」

「你是不是說圍欄之長叫迪恩．德姆．烏魯斯？」

「嗯，對啊……」

「該不會是那位出生烏魯斯的旁系，明明是十一名兄弟姊妹中的么女，卻被譽為『帶著其他兄弟姊妹的箭術天分一起出生』的箭術高手吧？雖然我認識的烏魯斯氏族的迪恩．德姆，是個身材嬌小、個性強硬又口無遮攔的人……」

萊拉的疑問，讓艾伯特驚訝地睜大眼睛。

「妳認識她嗎？」

圍欄之長就等於是大陸的代表，因此即使有人知道代表的姓名或來歷也沒什麼不自然，但萊拉居然知道與姓名或來歷無關的內部情報，這點就讓人覺得不太自然。
萊拉有些困惑地看了艾伯特一眼後，說出令所有人都大感意外的話。
「迪恩・德姆・烏魯斯，是在我丈夫和艾米莉亞之前，最後一個從我這裡拿到『基礎』碎片的人。」
「妳說什麼？」
「啊？」
「什麼？」
理解這句話包含的意義有多重大的鈴乃、漆原和艾伯特，分別以不同的方式大喊。
「那是約六十年前的事情了。我認識她時，大家都還在用她的小名里德姆・烏魯斯稱呼她。」
受到眾人注目的萊拉本人，也難掩驚訝地接著說道：
「簡單來講，迪恩・德姆就是在我丈夫和艾米莉亞之前，最後的『勇者候補』。」
萊拉說完便伸出右手。
「這就是構成艾米莉亞的聖劍與破邪之衣核心的『基礎』碎片。」
她的手上放著一個美到令盧馬克茫然地發出驚嘆的小型寶石碎片。
萊拉將意識集中到碎片上。

碎片開始發出淡淡的光芒，接著一道紫色光線無聲地朝某個方向延伸。光的方向指向北方。

萊拉閉上眼睛對著光線的方向輕聲嘟囔了些什麼，等光芒消失後才抬頭說道：

「艾伯特先生、盧馬克小姐，如果能直接和迪恩．德姆．烏魯斯對話，是不是就能省下一些麻煩。」

「雖然麻煩不會因此就完全解決。」

「嗯、嗯，那當然……」

艾伯特和盧馬克忍不住互望了彼此一眼。

「那我們走吧。」

「要、要去哪裡？」

「那還用說嗎？當然是迪恩．德姆．烏魯斯那裡。」

紫髮天使毅然地說道。

「放心吧。迪恩．德姆．烏魯斯還記得我。在烏魯斯氏族中，她比誰都能敏銳地察覺天空與大地的氣息，是個溫柔的人。她一定會願意聽我們說話。」

※

鈴乃懷抱著一絲不安。

因為萊拉在日本時不管做什麼，都會在最後關頭掉以輕心，將周圍的人耍得團團轉。

光是圍欄之長迪恩・德姆・烏魯斯擁有「基礎」碎片就已經夠讓人難以置信，即使真是如此，也可能在突然前去拜訪後，才發現對方已經不記得萊拉。

不過在透過「門」抵達位於菲恩施角落的大法神教會菲恩施大聖堂的講堂時，已經有許多具備北大陸特有的精悍外貌、身穿華麗服裝的男子在等待鈴乃他們——正確來說，他們是來迎接萊拉，這讓鈴乃有點驚訝。

「請問萊拉大人是哪位？」

透過「門」從魔王城抵達菲恩施的四人。

分別是萊拉、艾伯特、盧馬克和鈴乃。

來迎接的男子在鈴乃等人開口前，就先指名萊拉，然後依序看向在場的三位女性。

「我就是萊拉。」

萊拉往前踏出一步，來迎接的男子露出有些疑惑的表情。

「我聽說萊拉大人的頭髮是略帶藍色的銀色，」
「畢竟都過了六十年，總會有想改變髮色的時候。」
「……！」
萊拉的頭髮在副都心線的那場騷動後，就因為接受真奧用魔力進行的治療而變成紫色。
雖然本人表示有方法能輕易恢復，但一來是嫌麻煩，二來是她本來就不怎麼喜歡自己原本的髮色，所以至今仍維持紫色。
話雖如此，萊拉對前來迎接的使者擺出的態度實在過於輕率，讓鈴乃偷偷捏了一把冷汗，但男使者只是露出有些意外的表情，然後馬上就理解般的點頭。
「原來如此，看來您的確和我聽說的一樣。」
「迪恩・德姆・烏魯斯怎麼形容我？」
男使者毫不猶豫地回答：
「她說您是個『麻煩的女人』。」
「就算上了年紀，她的嘴巴還是一樣壞呢。」
萊拉開心地笑道。
男使者沒有笑，輕輕轉身催促四人跟著他走。
「請跟我走。圍欄之長願意與各位會面。」

萊拉和男使者間的對話，只讓艾伯特、盧馬克和鈴乃感到困惑不已。

通稱「山羊圍欄」的北大陸聯合首都菲恩施果然不負其名，有各式各樣的山羊在那裡悠閒散步。

除了在熱鬧的市場大道上被當成毛用、乳用或肉用商品外，其中也有身軀遠比一般牛馬龐大、用來拉貨車或共乘馬車的品種。

才剛這麼想，眼前就出現穿著應該是用天然染料染成、充滿高山民族風格的鮮豔服裝的少女，像帶狗或貓散步般領著小山羊前進這種令人倍感溫馨的場景。

都市位於超過海拔一千公尺的高山地帶，不僅空氣稀薄，氣溫也很低。

由於平地狹窄，因此考慮到人口，菲恩施的面積實在不算寬廣，根據艾伯特的說法，大陸南部的港灣都市不僅面積更加遼闊，商業也比較繁榮。

不過基於歷史因素，支爾格的舉辦地一直都是菲恩施，不論是小路或小巷子，所有路面都精心鋪設了路磚，岳仙兵團在各處幫忙維持治安，其他大陸各國的大使館也多位於此處，北大陸精神上的中心都市，無疑就是菲恩施。

雖然鈴乃、萊拉和盧馬克都配合氣候換上厚重的衣物，但艾伯特還是跟平常一樣穿著皮夾克。

因為眾多民族都從大陸各處聚集到這裡，所以路上可以看見各式各樣的人種來來去去。

本以為會有許多像艾伯特那樣褐膚白髮的人種，但有些看似北方民族的人擁有透明般的白色肌膚和金髮，有些人或許是摻雜了東大陸人民的血統，外表幾乎和艾夫薩汗人沒什麼兩樣。

最引人注目的是，大家都穿著色彩鮮豔的衣服。

打扮得像艾伯特那樣樸素穿得一身黑的人反而是少數，有些人衣服的顏色多到像彩虹一樣，有些人或許是為了配合自己氏族的顏色，全身都穿紅色系或橘色系的衣服。

不過隸屬不同氏族的人們，不論是服裝外型、染色或布料的素材都不盡相同，以一個大陸的首都來說，這裡的人種實在過於混亂，讓人得以瞬間窺見北大陸這個由無數氏族組成的巨大聯合國家的土地特徵。

鈴乃和盧馬克都曾為了公事而來過菲恩施幾次，所以已經不會感到新奇，不過那位男使者在知道萊拉是天使後明明說要帶他們去見圍欄之長，卻不斷遠離菲恩施商業繁榮的區域，讓她們起了疑心。

就在三人愈來愈困惑時，使者抵達了目的地。

「喂、喂，真的是這裡嗎？」

艾伯特忍不住詢問使者。

畢竟離開大聖堂後，還走不到二十分鐘。

那裡並非什麼正式的謁見地點，而是在北大陸一點都不稀奇、提供用鐵板烤的山羊肉料理的大眾餐廳。

「艾伯特・安迪・蘭卡大人。」

男使者轉向艾伯特說道。

「蘭卡」是艾伯特過去擔任岳仙兵團長時，因為敗給了亞多拉瑪雷克，而不得不捨棄的氏族名。

「首長說想請您享用一頓美食。」

「……！」

這句出乎意料的話，讓艾伯特驚訝地睜大眼睛。

「還說也請西方的客人們務必品嚐看看。首長從年輕時起就很喜歡這間店，今天這間店已經被包下來了，所以請各位慢用。」

說完後，男使者們連門也沒開，就直接消失在城鎮的人群當中。

四人有些困惑地面面相覷。

「總之先進去吧。」

萊拉催促三人，率先打開大門。

店內擺了幾張符合北大陸風格的桌椅，看起來就是間普通的餐廳。裡面隔了幾個設宴用的空間，那些地方挖了幾個火爐，讓人能圍坐在火爐周圍。

「冷死人了，快點進來吧！」

聲音是來自從入口看不見、位於最深處的火爐席。

「？」

只有鈴乃在聽見那個聲音後感到驚訝。

「我跟一般人一樣會老！外面的風對膝蓋不好，快點進來吧！」

在尖銳怒吼聲的牽引下，萊拉率先帶著大家走進店內。

宛如要蓋住火爐的鐵板上散亂地放了一些肉與蔬菜，一名身材嬌小的老人將醬汁倒在鐵板上用木鏟子隨意翻炒，鈴乃從未見過那種顏色的醬汁。

「好久不見了，沒想到妳居然成了圍欄之長。」

萊拉一派輕鬆地向散發嚴肅氣氛的老人搭話，後者頓時停下翻炒蔬菜的鏟子。

「已經不能再親密地叫妳里德姆了呢。」

「會用這個名字叫我的人，早就都入土為安成為草木的養分，現在八成已經化為山角鹿的糞便了。」

戴著色彩宛如彩虹般繽紛的華麗毛線帽的老人猛然抬起頭，瞪了佇立在原地的四人一眼。

「唔！」

那股魄力，讓鈴乃忍不住倒抽了一口氣。

這位戴著鑲有寶石的單邊眼鏡、坐下後就連背部是否有彎曲都看不出來的嬌小老太太，就是圍欄之長迪恩·德姆·烏魯斯。

「妳不知道迪恩·德姆·烏魯斯，是個行將就木的老太婆嗎？」

接著被萊拉稱做里德姆的老太太在看穿鈴乃的動搖後，毫不留情地逼問她。

「雖然妳看起來是大法神教會的年輕人中的大人物，但如果被我這種老太婆瞪了一下就畏縮，將來可是無法出人頭地喔！」

「啊，不、不是，那個……」

「萊拉！妳就算要失聯、失禮或疏忽也該有個限度吧？居然等我變成老太婆後才跑來，妳是來譏諷我的嗎？妳現在依然打扮得和以前一樣性感，至少先讓自己的外表變成老太婆後再過來吧！」

「我這樣已經算很樸素了。里德姆的帽子才是既時髦又漂亮。」

「那當然！這是我三男的么女小時候織給我的！怎麼可能不漂亮！」

老太太像是現在才回想起來般，重新開始翻炒鐵板。

「我說海瑟啊！」

「是、是的？」

依然瞪著四人的老太太，這次換將目標轉移到盧馬克身上。

「反正妳一定還單身吧？妳以為自己還能年輕多久，到了妳這個年紀後，一眨眼就會變成像我這樣喔？我們可不像那個沉迷戀愛的放蕩天使一樣遊刃有餘！快點找個好男人成家吧！」

她不僅直呼五大陸聯合騎士團長的名諱，還開始像個囉唆的親戚般嘮叨。

雖然盧馬克和迪恩・德姆・烏魯斯互相認識並不奇怪，但這實在不像是北大陸代表圍欄之長與五大陸聯合騎士團長之間的對話。

「啊，不過妳可別選聖・埃雷的那個笨蛋皇太子喔！像妳這種聰明的好女人，配那種傢伙太浪費了！那個小鬼小時候還比較聰明一點。」

「呃……」

不僅如此，她還這樣評論偉大的神聖・聖・埃雷帝國的下任皇帝。

「西邊基本上都沒什麼好男人。聖・因古諾雷德的那些傢伙也差不多吧。對外裝出一副家裡只有桌椅和聖典、道貌岸然的樣子，老了以後就變成只會比誰家裡的金幣和寶石多的廢物。必須由像妳這樣的人好好踢那些老傢伙的屁股，將他們趕出本山才行！聽懂了沒！」

「咦，咦咦？」

不知不覺間被當成標的的鈴乃，只能慌張地回應。

「然後是蘭卡的小子！」

最後輪到艾伯特。

迪恩・德姆・烏魯斯拿起用土燒製的小盤子和筷子，隨手用鏟子把肉移到盤子上，遞給艾伯特。

「拿去。」

「呃……那個。」

「拿去！試試味道！」

「喔、喔。」

被身高不到自己一半的老太太的魄力壓倒後，艾伯特收下盤子。

「你父母教你要站著吃飯嗎？快過來坐下！」

「好、好的！」

在被尖銳的聲音斥責後，艾伯特連忙入座。

鈴乃的腦袋完全跟不上這段怒濤般的展開，艾伯特戰戰兢兢地收下裝了肉的盤子和木筷。

迪恩・德姆・烏魯斯擺動下巴，催促艾伯特，後者在全氏族之長的催促下，咬了一口冒著熱氣的肉。

「味道如何。都說要你試味道了，悶不吭聲地誰知道好不好吃。」

「……那個。」

艾伯特也同樣混亂。

對方是代表北大陸的圍欄之長。

雖然曾擔任過岳仙兵團的兵團長，但艾伯特以前只有和迪恩・德姆・烏魯斯說過幾次話。

烏魯斯和蘭卡的地位原本就相差甚鉅，即使從北大陸特有的價值觀「氏族內的地位」來看，艾伯特和迪恩・德姆・烏魯斯之間也有壓倒性的差距。

不過既然都被當面徵求意見了，艾伯特也不得不回答。

「好吃。好懷念的味道。這和奶奶小時候煮給我吃的味道很像。」

「是嗎？」

面對艾伯特的低喃，迪恩・德姆・烏魯斯連眉毛都沒動一下——

「至今真是辛苦你了。」

就以和至今相同的語氣如此說道。

「……唉，相對地，我也累積了許多美好的回憶。」

艾伯特稍微思索了一下這句話的含意，便立刻回答。

「你想抱怨也行喔。」

「我已經是一把年紀的大叔了。要是被朋友看見我向老奶奶哭訴的樣子，那可不是鬧著玩

的。」

「哼，真不可愛……話說你們要呆站在那裡到什麼時候！快點過來坐下！」

「好、好的！」

「失、失禮了。」

「請、請讓我同席。」

迪恩·德姆·烏魯斯一聲令下，鈴乃在火爐旁跪坐，盧馬克本來也想跪坐，但後來放棄改成盤坐。萊拉則是靜靜地隨意挑了個輕鬆的姿勢坐下。

「喔～妳就是那個『死神之鐮·貝爾』啊。我還以為會是個性格更加彆扭的老太婆呢，原來是個小丫頭啊。」

「小丫頭……那、那個，迪恩·德姆·烏魯斯大人，我……」

雖然料理的過程不同，但眾人一面吃著味道像加了大量辛香料的蒙古烤肉的烤肉料理，一面讓唯一沒見過迪恩·德姆·烏魯斯的鈴乃自我介紹，迪恩·德姆·烏魯斯因此得知鈴乃以前是異端審問會中執行過最多次「聖務」的首席執行官。

「妳平常有好好吃飯嗎？該不會是因為忙著處理教會那些充滿霉味的工作沒有好好攝取營

養，才變得像這樣的小不點吧！」

「小、小不點……？」

雖然現在就算被人針對教會的聖務指指點點，鈴乃也不會生氣，但被人當面說是小不點，還是讓鈴乃難掩驚訝。

「里德姆，貝爾小姐很會做菜喔。她請我吃過很多次飯。」

「光是看山羊被放血就會貧血的天使大人給我閉嘴！聽好了，要是妳一直這樣骨瘦如柴，真的會變成皮包骨的死神！多吃點！尤其是肉！」

「那、那、那那那個！我會自己吃……！」

在鈴乃慌張的期間，部位最好的肉已經在她的盤子上疊成一座小山。

「妳在說什麼啊，妳是這些人裡吃最少的一個！就是因為肉和魚吃太少，外表才會像個小丫頭！看看那個和妳一樣是小不點的聖．埃雷宮廷法術士！她就是因為一直過著貴族生活，只顧著吃點心，所以才會一直長不高！那種類型上了年紀後會胖得很不健康！」

分量多到讓人光看就覺得噁心的肉，讓鈴乃感到有點厭煩，但迪恩．德姆．烏魯斯絲毫不放在心上。

不只如此，她甚至還看穿了一般人都會認為和鈴乃沒有關連的艾美拉達的飲食習慣，讓鈴乃完全無法招架。

「還有海瑟啊！」

「是、是的！」

「妳已經不是小女孩了，所以對酒要挑剔一點！西方的酒都太甜了，沒一個能喝的！我下次送妳用新鮮山羊乳做的奶酒！要喝就喝這個！」

「呃……可是我不太喜歡北方奶酒的味道……」

「要是繼續維持現在的飲酒習慣，妳遲早會長出像你們國家的皇帝那樣的啤酒肚！如果不想被收進皇城地下的酒窖，就少喝點水果酒、麥酒和蒸餾酒！」

「呵呵呵，不過里德姆，妳年輕時不也曾經偷釀好的烈奶酒來喝，在醉得一塌糊塗後被氏族內的老人家罵嗎？」

「那當然。烏魯斯的年輕人如果無法分辨奶酒的好壞，就無法獨當一面。比起這個，萊拉，都過六十年了，妳差不多該學會怎麼整理東西了吧！妳該不會忘了就是因為妳弄丟了酒甕，才會害我偷喝酒的事情被發現吧。」

「呃，等一下，里德姆，那是因為……」

「哼，從迷你鐮的表情來看，妳的壞習慣似乎沒有改善。」

「迷、迷你……迷你鐮？迷你鐮……迷你鐮，再怎麼說這都太……」

當然這段對話並非日語，所以迪恩·德姆·烏魯斯說的「鐮」應該是來自死神之鐮這個外

號，但稱呼被從小不點換成迷你鐮的鈴乃只能像個孩子般鼓起臉頰，一面怨恨自己的身材害自己被取了這種像下酒菜的魚肉加工食品（註：日文的鐮與魚板的開頭發音相同）的綽號，一面自暴自棄地大吃。

之後迪恩・德姆・烏魯斯的多管閒事老奶奶話題依然沒完沒了地持續下去，等鐵板上的肉和蔬菜全部消失後，鈴乃和盧馬克已經徹底疲憊不堪。

「啊，對了，我做了夾羊絞肉的麵包給你們當成土產帶回去！迷你鐮，海瑟，妳們之後要吃得健康一點喔！」

「「好……」」

「……那接下來。」

將年輕人們狠狠修理一番後，迪恩・德姆・烏魯斯調整了一下單邊眼鏡，轉向萊拉。

「妳突然讓『那個東西』發光，是有什麼理由嗎？」

「居然現在才問。」

艾伯特摸著飽到快脹破的肚子吐槽。

「我這邊可是在莫名其妙的情況下受託保管這個東西，然後被放著不管六十年啊。」

或許是基於老人的興趣，瞪向艾伯特的眼睛……不對，單邊眼鏡上鑲著許多寶石，看起來十分昂貴。

鈴乃和艾伯特此時總算發現那副單邊眼鏡的鏡框上，閃爍著紫色的光芒。

「妳的用法真是漂亮。」

「那當然。多虧了這副眼鏡，我才能一直當圍欄之長當到現在。這六十年來，我唯一感謝妳的就只有這件事，不過……」

鏡片後面的眼睛，這次換瞪向萊拉。

「等妳說的『世界危機』來臨時，我已經變得太老了。拜此之賜，我當時不僅連弓箭都拿不好，還必須將應付亞多拉瑪雷克軍的事情全部推給蘭卡的小子。」

「呃……原來如此。也難怪妳會這麼認為。不過里德姆，真正的危機並不是魔王軍的來襲，而是現在才要降臨。」

「喔。」

迪恩・德姆・烏魯斯緊盯著萊拉。

雖然微弱，但鈴乃發現「基礎」碎片發出了光芒。

「看來妳沒說謊。」

「那當然。」

「雖然妳沒說謊，但也可能只是把自己相信的錯誤資訊說出口。」

「才沒這回事。因為我自己就是那個世界危機的原因之一。」

「喔？這看起來也不是謊言。這表示妳睽違六十年跑來找我，就是為了說這件事情吧，真好奇妳打算對我提出何種自私的要求。」

迪恩・德姆・烏魯斯沒向艾伯特等人確認，就輕易判斷出萊拉有無說謊。

萊拉也不給對方喘息的機會，直接切入正題。

「我就單刀直入地說了。我想跟妳借惡魔大元帥亞多拉瑪雷克留下的魔槍。可以的話，我希望能在只有妳知道使用目的的情況下，將魔槍送到中央大陸。」

鈴乃直到此時，才首次見到迪恩・德姆・烏魯斯的表情出現變化。

「妳是認真的？」

一開始是驚訝。

然後是傻眼。

「別說蠢話了。那種事怎麼可能辦得到。」

「不過如果不做，人類就會滅亡。」

「那就只能開戰了。既然海瑟和迷你鐮都來了，就表示西方也有參與吧。想要槍就靠實力搶吧。否則我無法把槍交給你們。」

「等一下，里德姆！別說這種暴力的話啦！這是很重要的事情！」

「吵死了，妳這個笨蛋天使！要是連理由都沒問，只因為是以前熟人的要求就把槍交出去，我一定會被所有氏族抨擊，然後被趕下圍欄之長的位子！如果不想被我做成絞肉塞進羊腸裡燻製，就快點給我滾回去！」

「里德姆！拜託妳！這是很重要的事情！」

「啊～蠢死了！都過了六十年，妳做事不經大腦的這點還是完全沒變！這世界上可是有即使明天世界就會毀滅，還是必須遵守的道理存在！好了，妳以後別再來了！蘭卡的小子，快把這個笨蛋趕回西邊去！」

「里德姆！至少聽我說明！」

看在旁人眼裡，這場景怎麼看都像是年紀已經不小的孫女死纏著奶奶討零用錢，即使店內沒有其他人在，還是一樣非常丟人現眼。

「她果然什麼都沒想。」

「稍微覺得萊拉變可靠的我實在太沒眼光了。」

「唉，我現在能理解為什麼人會想信仰天使或神明了，迷你，不對，克莉絲提亞……」

「盧馬克將軍！妳剛才是不是打算說『迷你鐮』！妳本來想這麼說對吧？」

「我、我沒說！我沒有說喔！說到一半就停了！」

「這表示妳原本果然是想叫我『迷你鐮』吧！我要透過魔王軍提出正式的抗議！」

「不是透過教會嗎？妳到底是怎麼回事啊！」

鈴乃紅著臉，淚眼盈眶地向比自己高一顆頭、在女性身材的豐腴程度方面也比自己高一個層次的盧馬克抗議，後者則是不斷為失言找藉口。

「……我可以回去了嗎？」

身為唯一一名男性，艾伯特看著這些社會地位極高的女性進行非常沒意義的爭論，輕輕嘆了口氣。

※

「喔，我大概了解狀況了。簡單來講，就是要向月球宣戰吧。」

迪恩・德姆・烏魯斯面不改色地接受了這個對安特・伊蘇拉人來說，堪稱天翻地覆的大事件，然後瞪向萊拉。

「萊拉，這次妳只有一個地方值得稱讚。」

在那之後過了一小時，眾人移開鐵板重新加入木炭，聚在火爐邊取暖，迪恩・德姆・烏魯斯托腮說道。

「什、什麼地方？」

「那就是帶蘭卡的小子、海瑟和迷你鐮過來。如果妳自己一個人過來，我大概只會理解西方想要魔槍，在明晚通知全氏族提防魔槍小偷，導致北方和西方的關係惡化，最後害海瑟失勢吧。」

「「…………」」

萊拉和盧馬克的臉色分別因為不同原因變得蒼白。

「話雖如此，這真令人困擾呢。」

迪恩・德姆・烏魯斯皺著眉頭看向艾伯特。

「短短五年的時間，從聖・因古諾雷德採集的聖水，其聖法氣含量就減少了一半啊。應該不是因為地下水脈崩塌或是改道吧。」

「這是教會和聖・埃雷法術監理院一同調查的結果，所以應該是不會錯。」

「哈。以前曾主張那位監理院長（花椰菜矮子）叛教的教會，和因此仇視教會的法術監理院共同提出的結果啊。那的確值得信任。」

「「噗！」」

知道這個外號的艾伯特和盧馬克同時笑出聲。

「說到之前的叛教事件，法術監理院和訂教審議會的關係不是不好嗎？」

「……不，我當時是因為其他的事情出差。所以我個人和艾美拉達院長之間的關係非常良好。」

即使因為被叫迷你鐮而表情僵硬，鈴乃仍為迪恩・德姆・烏魯斯明明身在北大陸，卻清楚地掌握了全世界的情報而感到驚訝。

僅因為稱呼這種小事就在這裡和迪恩・德姆・烏魯斯起爭執，並非上策。

「喔。教會的訂教審議官和聖・埃雷的法術監理院長嗎？那還真是奇妙。照理說教會的外交部和聖・埃雷的執政廳之間的來往，應該只限於表面工夫。」

「我是覺得這沒什麼好奇怪的。」

鈴乃簡短地如此回答。

「……原來如此。」

迪恩・德姆・烏魯斯笑著依序看向艾伯特與盧馬克。

「在看見死神之鐮・貝爾和海瑟・盧馬克一起出現時，我就該發現了。看來我也上了年紀。喂，蘭卡的小子。」

迪恩・德姆・烏魯斯從懷裡掏出菸管和菸盒，用手搓揉菸草放到炭火上。

接著她將菸管對準炭火用力吸了口氣，然後連同煙霧吐出一個問題。

「艾米莉亞過得還好嗎？」

「……」

艾伯特沒有回答。

但迪恩．德姆．烏魯斯晃了一下單邊眼鏡笑道：

「原來如此。我聽說她在與魔王撒旦的戰鬥中去世，但原來是這樣啊。看來前陣子東邊的傳老頭家被破壞時，她也在場的傳聞是真的。唉……」

吸了兩三口菸後，迪恩．德姆．烏魯斯沒規矩地用菸管敲著爐火邊緣，隨著敲擊聲抬頭看向萊拉。

「你們是什麼關係？」

「什麼意思？」

「蘭卡的小子曾和艾米莉亞一起戰鬥過。海瑟算是國家指派給她的監護人。迷你鐮曾在奧爾巴的底下做事。只有妳和艾米莉亞的關係依然不明。最重要的是，艾米莉亞實在不像會被妳看上的類型。」

「……這是什麼意思？」

萊拉的語氣聽起來有點不太高興。

「就是字面上的意思。雖然她的確擁有能戰勝路西菲爾和亞多拉瑪雷克的實力，但那個小女孩如果沒有蘭卡小子、奧爾巴和花椰菜矮子的協助，根本就連自己旅行都辦不到，是個只有膽識可取、不知世事的孩子。先不管什麼聖劍勇者，我實在不認為她是會讓妳想託付這東西的對象。」

看見迪恩·德姆·烏魯斯再次調整單邊眼鏡，鈴乃開口問道：

「迪恩·德姆·烏魯斯大人，請問您是如何使用那個碎片？」

鈴乃曾數次目睹「基礎」碎片發揮力量的場面，但感覺力量的內容並沒有一定規律。

惠美的聖劍和破邪之衣怎麼看都是直接從碎片中喚出裝備，但阿拉斯·拉瑪斯和艾契斯額頭上的碎片，看起來並沒有那樣的功能。

鈴乃本來以為碎片之間只能發出尋找彼此位置的光芒，但感覺萊拉不只發出光芒，還透過碎片和迪恩·德姆·烏魯斯進行了某種通訊。

否則無法解釋為何萊拉明明沒派出任何使者，卻有人來大聖堂迎接。

但迪恩·德姆·烏魯斯只瞄了鈴乃一眼——

「妳以為首長會輕易對西方的外人亮出自己的王牌嗎？」

在拒絕說明後重新轉向萊拉。

「我不知道妳將這種寶石送給了多少人，但看得出來你們想要保護艾米莉亞，萊拉，妳為什麼會想和那女孩扯上關係？」

「這沒什麼好奇怪的。」

萊拉將臉探向迪恩·德姆·烏魯斯說道：

「艾米莉亞是我的女兒。」

「…………啊？」

直到此時，迪恩·德姆·烏魯斯才首次驚訝地張大嘴巴。

「母親為了守護自己女兒的未來而努力，有什麼好奇怪的？」

「女兒？艾米莉亞，是妳的女兒？」

「對啊。」

「這……這真是太令人驚訝了。我都忘記上次這麼驚訝是什麼時候的事了。好久沒這麼懷疑自己的眼睛了。原來如此，喔～妳是她的母親啊。唉～這還真是……」

迪恩·德姆·烏魯斯將老邁的眼睛睜到極限，環視在場的其他人。

「她的丈夫應該非常辛苦吧？」

「喂，里德姆！妳這是什麼意思！」

「當然是字面上的意思，啊哈哈哈哈！」

迪恩·德姆·烏魯斯像是早就知道萊拉會有這種反應般說道。

「原來如此，我了解狀況了。我也相信你們說的是真話。不過了解狀況，與能否和平地將魔槍交給你們是兩回事。我明白如果讓世間知道艾米莉亞還活著，會讓事情變得很麻煩，但只要讓艾米莉亞出面，事情就會變得比較簡單吧？」

「為了艾米莉亞，只有這件事不能妥協。」

「海瑟，我能理解妳的心情。不過事情總有輕重緩急。那孩子也不是為了耍帥或好玩才自稱勇者。沒道理只因為疼惜艾米莉亞，就要將其他人的性命和名譽擺在後面。」

迪恩‧德姆‧烏魯斯的意見確實合情合理，盧馬克的表情和語氣也在聽見這番話後立刻恢復冷靜。

「北方的人在將所有事都推給艾伯特‧安迪後，就自己躲了起來，我沒必要聽這種人講道理。」

「喂、喂，盧馬克。」

「閉嘴，艾伯特。她剛才說的『辛苦你了』，就是這個意思吧。」

盧馬克表情嚴肅地瞪向迪恩‧德姆‧烏魯斯。

「就和我們聖‧埃雷與教會將艾米莉亞樹立成名為『勇者』的偶像，比起她的生死，更想要利用她的威名一樣。你以為我不知道那些逼你承受敗軍之將這個汙名的氏族首長們，在你和艾米莉亞一起回來後做了什麼嗎？」

「……海瑟，妳這段話真是戳到了我們的痛處。看到了嗎，迷你鐮，所謂的情報就是要這樣利用。好好記著吧。」

「之前發生過什麼事嗎？」

「喂，貝爾，怎麼連妳也問這種多餘的問題……」

「有什麼關係，反正都是事實。聽好了，迷你鐮。在岳仙兵團的歷史中，這小子是唯一一個打過敗仗的將領，但不管派歷代的哪位將領出戰，結果一定都一樣。誰也敵不過亞多拉瑪雷克軍。這是無可奈何的事情。不過之後就不妙了。在這小子和艾米莉亞一起回來，為了對抗亞多拉瑪雷克軍而祕密召集氏族時，大家重新追究起當時的事情，有的人吐口水羞辱他，有的人罵他不要臉，也有人斥責曾經落敗的他太過囂張。」

鈴乃知道吐口水只是一種比喻。

不過從迪恩．德姆．烏魯斯的說明，以及盧馬克的斥責來看，那些行為應該不是思慮淺薄的年輕人失控後做出的舉動，而是立場上應該要明辨是非的人在怯懦之下展開的行動。

「即使如此，艾伯特還是打倒了亞多拉瑪雷克並驅逐了魔王軍，而且直到現在依然為了包含北大陸人民在內的人們行動。既然妳都承認艾伯特很辛苦了，不是應該做些什麼來回報他嗎？」

「意思是要我填補你們那邊欠缺的籌碼嗎？真令人困擾。這實在是戳到了我的痛處。而且我還必須遵守和亞多拉瑪雷克的約定。到底該怎麼辦才好。」

「和亞多拉瑪雷克的約定？那是什麼意思？」

即使盧馬克出言不遜，圍欄之長依然沒有強勢地反駁，對此感到驚訝的艾伯特，在聽見另一個不得了的名字後驚訝地問道。

「亞多拉瑪雷克在與艾米莉亞戰鬥前，曾說過『如果那位勇敢的年輕將領未來回到這裡，希望妳能好好慰勞他的功勞並給予適當的獎勵』。」

「什麼……」

艾伯特驚訝到忘了呼吸，連話都說不出來。

「在你們攻進菲恩施時，他應該就做好一定程度的覺悟了吧。亞多拉瑪雷克當然沒打算認輸，只是他很清楚凡事沒有絕對。」

艾伯特曾經和亞多拉瑪雷克對峙過三次。

第一次是魔王軍入侵時，第二次是被從北大陸放逐時。

第三次則是討伐亞多拉瑪雷克的那場戰鬥。

無法以岳仙兵團團長的身分死得其所的艾伯特，在亞多拉瑪雷克拒絕與他決鬥後，覺得自己沒被亞多拉瑪雷克當成一名戰士認同，這件事也一直讓他耿耿於懷。

不過亞多拉瑪雷克從頭到尾，都承認艾伯特是個將領。

亞多拉瑪雷克是為了讓艾伯特能察覺自己是個必須率領軍隊、背負人類（夥伴）希望的戰士，才會拒絕艾伯特一心求死的決鬥邀約，藉此勸誡他。

「那傢伙……居然現在才讓我知道這種事。」

艾伯特無法順利處理從內心一湧而出的感情，迪恩・德姆・烏魯斯看著那樣的他，將菸管前端指向萊拉。

「唉，事情就是這樣，我會盡力協助你們。相對地，你們可別在最後關頭搞砸啊。要是在拯救完世界後發生大戰，不是會讓人搞不懂自己到底是為何努力嗎？」

迪恩・德姆・烏魯斯的這段話，是在魔王撒旦從安特・伊蘇拉消失後，所有安特・伊蘇拉人都應該要銘記在心的事情。

萊拉確實地承受了她的視線。

「那當然。」

「我討厭只有回答時特別乾脆的傢伙。」

堅持要用粗魯的方式說話才會滿意的迪恩・德姆・烏魯斯如此啐道，然後看向艾伯特。

「你應該也知道吧，現在是舉辦支爾格的時期。如果想帶走魔槍，還是趁所有氏族齊聚一堂時光明正大地帶走比較好。」

「光明正大地帶走？什麼意思？」

「你們那裡除了艾米莉亞、艾美拉達和蘭卡的小子以外，還有其他人手嗎？」

提議在所有氏族都從大陸各處前來參加這場盛會時光明正大地「做出了斷」後，迪恩・德姆・烏魯斯接著說出更不得了的話。

「我會推薦你們的人當下任『圍欄之長』。只要由我擔任輔佐人，就不會有人反對那個人

參選。就讓那個人設法在不留後患的情況下把槍帶走吧。所以你們要好好找個外表看起來不像是藉由我的權威當上圍欄之長的人選，並想出能讓參加支爾格的氏族們心甘情願地放棄魔槍的方法。」

※

離開時被迫帶走大量土產、全身都是煙味的四人一回到魔王城，就開始抱頭煩惱。

「參加支爾格成為圍欄之長的候選人……要去哪裡找能承擔這種重任的人啊？」

艾伯特搔著頭，咬了一口被當成土產帶回來的麵包，那裡面夾了山羊絞肉、特製醬料與蔬菜。

「到提出首長候選人這裡都還能理解，重點是迪恩・德姆・烏魯斯大人會替我們準備一個方便對槍下手的舞臺。不過問題是……」

「沒錯，而且那個人選不能讓其他氏族覺得只是『藉助迪恩・德姆・烏魯斯的權威參選的外人』。」

盧馬克接在鈴乃後面說道。

「換句話說，就連艾伯特先生都不行。」

萊拉也一臉凝重地交叉雙臂。

「艾伯特無論如何都會讓人聯想到艾米莉亞和艾美拉達。而且他目前也正代替艾美拉達，在聖・埃雷當官。不如說，真的有人能滿足這樣的條件嗎……」

如果想將迪恩・德姆・烏魯斯的影響力發揮到極限，就必須讓她看起來不像有和任何國家進行政治交易。

雖然不能派會給人這種印象的人去參選，但在與這次的滅神之戰有關的成員中，根本就沒有既能承擔這種大任，又了解所有狀況的人。

「光是能被首長推薦就夠不得了了，還要滿足這麼嚴格的條件。」

所謂的圍欄之長，就是北大陸最有人望的人。

雖然需要的素質和岳仙兵團的團長不太一樣，但也不是完全不需要會武藝，過去也有幾個圍欄之長同時擔任兵團團長。

儘管不必在各方面都遠勝其他人，但也不能全部都不擅長。

「人格、人望和學識都必須優秀，另外還得精通與狩獵有關的箭術、法術和馬術，此外還必須看起來和西方與東方國家毫無關連，又理解滅神之戰的真正意圖……太誇張了。不可能有這種人啦。」

盧馬克在看完迪恩・德姆・烏魯斯交給她的支爾格首長的候選人條件後，馬上就舉雙手投

降。

「不然找萊拉或加百列如何？他們和西方和東方都沒有關連吧？武藝和法術應該也比一般人強。」

「艾伯特，雖然我也有想過這個辦法，但還是別這麼做比較好。」

「為什麼？」

「他們不是這塊料。迪恩・德姆・烏魯斯大人應該不會願意推薦他們。」

「……盧馬克小姐，妳這是什麼意思？」

「坦白講，迪恩・德姆・烏魯斯大人看起來不怎麼信任妳。而且感覺你們會輕易將事情說溜嘴，這樣我們根本無法放心。」

雖然難以啟齒，但面對這個毫無虛偽的誠實意見，就算是萊拉也無話可說。

「而且加百列還有守護魔王城的工作在身吧？」

「對耶，的確是這樣。因為敵人最近都很安分，所以我差點忘了。」

儘管機率不高，但既然無法保證天界不會來襲，就必須分配最低限度的戰力來保護進攻天界的關鍵——魔王城。

不過目前真奧和惠美這兩個最大的戰力都無法常駐在那裡，所以只好讓蘆屋、漆原和加百列這幾個僅次於那兩人的戰力留守。

而且蘆屋和漆原還必須為了修繕魔王城和處理其他工作到處奔波，如果不固定讓加百列留守，可能就無法確保大本營的安全。

「要同時留意人類世界、敵人和惡魔啊。雖然外表是人類，但又不能把這個工作交給擁有魔力的魔王和路西菲爾，這樣根本就不可能找到能讓那個老太婆滿意的人選。喂，貝爾，妳有什麼……」

「我有一個人選。」

「辦法嗎……啊？」

「我有一個人選。」

鈴乃複誦的這句話，讓另外三人倒抽了一口氣。

「那個人不論人格、人望、學識、對法術的直覺和箭術都很優秀。雖然唯獨不擅長馬術，但那個人不僅了解滅神之戰的真意，又與我們因緣匪淺，就只有那個人不具備任何西方或東方國家的背景，還非常清楚艾米莉亞與魔王的真面目以及和我們的關係。」

「連法術和箭術都會，真的有那麼方便的人嗎？」

雖然艾伯特因為想不到是誰而困惑，但隱約察覺鈴乃意思的萊拉臉色瞬間變得蒼白。

「等、等一下？貝爾小姐？妳在說什麼啊？妳該不會……」

「沒有其他人選了吧。」

「可、可是如果這麼做，艾米莉亞和撒旦絕對不會默不作聲！」

「我不會告訴他們。」

「貝爾小姐？」

萊拉的聲音已經變成慘叫。

「沒必要告訴他們。」

「可是！」

「只要也跟本人這麼說，就能獲得理解。」

「太亂來了！不管怎樣，這實在太危險了！」

「這不會有什麼危險吧。支爾格既不是戰場，也不是會吸引天界目光的活動。迪恩・德姆・烏魯斯大人會幫忙照顧，再來只要艾伯特先生和萊拉能全天候擔任護衛就萬無一失了。不然只要跟馬勒布朗契的頭目提一下，他們或許也願意擔任護衛。法爾法雷洛和利比科古應該都會樂意幫忙吧。」

「如、如果是這樣應該就沒問題……可、可是。」

儘管萊拉仍不太贊同，但鈴乃以略微嚴肅的表情搖頭說道：

「當然必須先確認本人的意願，不過對方現在應該願意接受吧。」

「你、你們到底在說誰啊？」

面對艾伯特的問題，鈴乃稍微揚起嘴角回答：

「是艾伯特先生也很熟悉的人。」

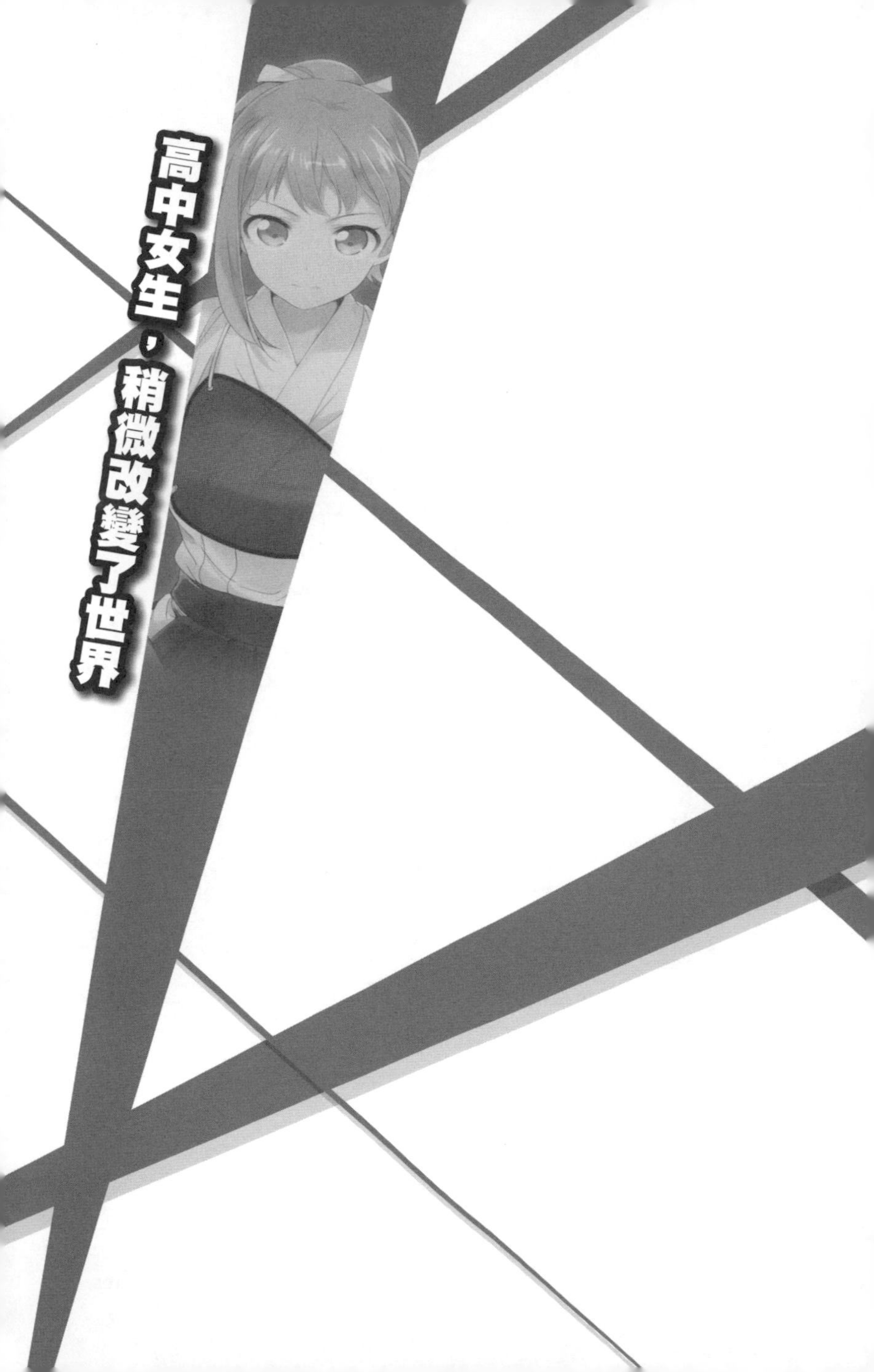
高中女生，稍微改變了世界

「佐惠美，妳的臉色好像不太好？沒事吧？」

「咦？是、是嗎？」

「嗯。感覺好像睡眠不足。」

明子若無其事地向來上早班的惠美問道，後者拚命隱藏內心的動搖回答：

「呃，那個，其實我錄了太多電視劇，昨晚一開始看就停不下來。」

「我懂我懂！明明有時候就算錄一堆，也會連看都沒看就刪掉，但有時候只要一看，就會因為在意後續發展而看個不停。」

「就、就是啊。所以我一不小心就熬夜了。」

「啊～我也該找時間把之前累積的錄影看完了。因為全家人都有在錄，所以硬碟的容量一下就滿了。」

「就是啊。真的會那樣呢。啊哈哈……」

其實明子只猜對睡眠不足這部分，不想讓明子知道真正原因的惠美，在順利蒙混過去後鬆了口氣。

「唉～不過啊，接下來不管學校還是打工都要開始變忙。暫時應該是沒空看了。」

「是要交報告或考試嗎？」

「大概就是那樣。雖然大學生總是給人一直在玩的印象，但開始認真念書後，可是意外地忙呢。」

「說得也是。不過為什麼打工也會開始變忙……」

「因為初春時，人員的汰換會變得非常頻繁。幸好佐惠美你們填補了求職組的空缺，所以目前才勉強撐得下去，妳想想看，畢竟還要考慮那些高中生。」

「原來如此。那說不定千穗也馬上就會……」

雖然惠美不太清楚一般日本高中的課程安排，但既然大學生是如此，那高中生應該也要忙著應付某些課題或考試吧，就在她這麼想時——

明子又接著說道：

「對對對！尤其是小千！要是少了她，可是會造成很大的影響喔？」

「咦？」

惠美忍不住尖叫了一聲。

她不懂千穗為什麼會離開？

「這、這是什麼意思？」

「嗯。哎呀，因為這只是我個人的預測，所以希望妳別告訴別人，但其實約四天前，我接到千穗打給我的電話。」

「四天前……」

惠美看向掛在櫃檯內側的日曆，然後想起自己那天沒有上班。

「光是接到她的電話就夠稀奇了，但她打給我的原因又更令人意外。她希望我能幫她代幾天班。」

「咦？」

惠美大吃一驚。

根據幡之谷站前店的規定，員工在無法避免缺勤時，必須先聯絡木崎店長。在缺勤獲得許可後，便由身為分店負責人的木崎找人代班，禁止打工人員之間擅自換班。

「嚇一跳了吧？我也沒想過小千會有缺勤的一天，所以忍不住問了她理由。然後她以非常嚴肅的聲音回答。」

『我有個非去不可的地方，這和我未來的出路有關。』

「出路……」

「小千已經高二，明年就要參加考試。既然平常絕對不會做這種事的小千都這麼說了，那應該是相當重要的事情，所以我就答應她了。當然我們兩人之後也有一起向木崎小姐報備……這表示小千也快離開這裡了吧。」

明子有些困擾地說道。

「我已經重考過一年，所以沒資格說什麼大道理，但像現在這個時期，大家應該都開始準備了。雖然有些人覺得等升上三年級後再準備也不遲，但考慮到今年的大學入學考已經結束，現在距離自己的考試，已經剩不到一年了。」

「意思是要開始上補習班了嗎？」

「我是沒問得那麼深入，但大概就是這樣吧。木崎小姐的表情看起來也是若有所悟。」

原來如此，木崎至今應該已經送過許多高中生的打工人員離開。

在打工人數開始改變前，一定會有些預兆和傾向，可以預期離換年度已經不遠的二月，一定會出現許多變動。

在那當中，高中生員工為了準備考試而從春假開始上補習班並辭掉打工，在日本是非常普遍的現象。

「這樣啊……千穗她……」

奇怪的是，惠美明明知道千穗是高中生，卻無法想像她上補習班的畫面。

雖然這不表示惠美認識千穗以外的高中生，但由於千穗曾展現出和同年代的少年少女截然不同的人格與能力，因此惠美總覺得她不會做那種膚淺的事情。

不過千穗果然還是在日本出生的普通女孩。

自從和安特·伊蘇拉的事情扯上關係後，她跨越了許多騷動，培養出極為優秀的精神力。

就連經歷過的戰場遠比千穗多的惠美和鈴乃都這麼認為。

所以惠美在心裡的某處，一直擅自認定千穗不會到現在才因為大學入學考這種程度的事情，就覺得必須改變自己。

惠美擅自認定千穗會一直待在自己身邊。

「這樣想才真的是任性。」

當然即使千穗為了準備考試辭掉打工，也不表示她就會因此和麥丹勞與惠美他們斷絕關係，只是他們之間的距離果然還是會稍微變遠。

安特·伊蘇拉的滅神之戰，讓真奧等人、惠美和鈴乃開始一點一點地遠離笹塚。

雖然真奧說要在七月之前做出了斷，但惠美實在無法預測到時候的狀況會是如何，而且那時候千穗已經開始過高中三年級的暑假。

正是必須將所有精神都集中在考試上的時期。

即使真奧等人回到二〇一號室，大家應該也無法像以前那樣頻繁地聚餐。

「讓您久等了。這裡是麥丹勞幡之谷站前店，敝姓遊佐。是要叫外送的客人……」

此時惠美專用的耳機麥克風收到來電，她以眼神向明子示意後，便轉向外送用的電腦桌。

「……好的。醬料要烤肉醬，我知道了。總共就是這些嗎……謝謝。我接下來會重複一次您點的餐點，請您確認一下……」

千穗將遠離惠美的日常生活。

雖然這感覺是一件非常奇妙的事情，但仔細想想，自己現在正穿著麥丹勞制服在麥丹勞幡之谷站前店接電話這件事本身，就是所謂的「日常生活」往往輕易就會因為一些小事產生變化的證據。

儘管惠美的狀況比較特殊，但她也是因為個人因素改變打工的地方。

結果就是她和在前職場認識的朋友——鈴木梨香與清水真季之間的交流，已經不像當時那麼頻繁。

這也是因為日常生活的變化，導致人與人之間的距離變遠的典型範例。

「好的，那麼要請您等約二十分鐘……好的，謝謝惠顧。失禮了……唉……有外賣。真奧先生，麻煩你送外賣到笹塚×丁目。」

惠美一面想著這些無關緊要的事情，一面俐落地完成工作，將耳機麥克風切換成店內頻道，對現在能送外賣的真奧下達指示。

『了解，我現在下去。明明，上面的櫃檯暫時拜託妳了。』

真奧馬上做出回應，明子在收到指示後也上樓去接替真奧。

雖然明子沒有咖啡師資格，但麥丹勞．咖啡師原本就是接近名譽職的東西，只要知道作法，那經驗豐富的明子和川田也能勝任MdCafe的工作。

真奧下樓後看了一眼印在訂單上的住址，接著稍微瀏覽了一下貼在放機車鑰匙的櫃子旁邊的外送地圖。

「喔，在這一帶啊。那裡小巷子很多，所以有點難找。而且很多公寓的外觀看起來都差不多。」

惠美沒來由地看向真奧稍微皺起眉頭、但仍仔細確認路線的側臉，並突然在意起真奧是否知道明子和千穗換班的事情。

不過真奧接下來要外出，現在實在不適合問他這種問題，因此惠美吞下這個疑問，開始在櫃檯準備外帶訂單中的餐點。

如果真奧察覺自己和千穗的距離變得比現在更遠，不曉得會有什麼反應。

自從千穗去過安特·伊蘇拉後，惠美覺得她與千穗之間的距離變得比以前更近了，所以即使千穗為了準備考試辭掉打工，她也不認為兩人會一口氣變得疏遠。

惠美還沒想過滅神之戰結束後要做些什麼，只要她有這個意思，就能繼續按照自己的意志在日本生活，也能接在千穗後面，認真為了上日本的大學開始用功。

但真奧不同。

身為魔王的真奧在討伐神後，有義務繼續統率惡魔們。

如果真奧真的被錄取為麥丹勞的正式職員，並打算兼顧日本企業的正式職員和安特・伊蘇拉魔王的工作，那他也不能再繼續於Villa・Rosa笹塚過著像以前那樣貧窮但悠閒的生活。

這樣真奧到底打算怎麼維持和千穗的關係呢？

「……不對。」

想到這裡，惠美連忙搖頭驅散從自己心裡湧出的奇妙想法。

雖說人類與惡魔的關係暫時變得友好，但這不表示人類世界和魔界之間的關係已經變得和睦，真要說起來，真奧還沒針對之前的侵略做出任何贖罪。

姑且不論真奧和千穗之後會變得怎樣，為什麼自己要冷靜地預測真奧繼續當魔王的未來會是什麼樣子呢？

「……要是他能快點當上正式職員，下定決心埋骨於這個國家就好了。」

「嗯？妳剛才有說什麼嗎？」

或許是聽見惠美的低喃，原本認真在看地圖的真奧突然轉向這裡。

「沒有，我什麼也沒說。比起這個，餐點都準備好了。拜託你了。」

等漢堡和薯條做好後，惠美將裝了冰塊的飲料收進袋子，然後將外送袋遞給真奧。

「啊，對了，惠美。」

「什麼事？」

「妳今天的臉色看起來不太好。是睡眠不足嗎？」

真奧拿起外出用的防風外套和安全帽，同時如此問道，至於惠美——

「我沒事啦！快點出去吧！」

「喔、喔。那店裡就拜託妳了。」

則是以強硬的語氣如此回答，然後像用趕的一般將真奧推出去。

惠美聽著機車逐漸遠去的聲音，輕輕嘆了口氣。

睡眠不足，就像明子說的那樣，惠美昨晚的確沒睡好。

不過她就算撕破嘴，也不想讓別人知道原因和真奧有關。

自從那天晚上聽鈴乃說了奇怪的事情後，惠美每晚都在阿拉斯．拉瑪斯的催促下，被迫思考「該送爸爸什麼樣的巧克力」。

不對，說被迫根本是在逃避責任。

儘管結果變成這樣，但一開始讓阿拉斯．拉瑪斯產生這種想法的人，就是惠美本人。

「……我該不會又故障了吧。」

為什麼自己當時會問阿拉斯．拉瑪斯那種事呢？

千穗的朋友之前提議只要讓阿拉斯．拉瑪斯親手做巧克力，再讓她和千穗一起送，或許就不會造成真奧的負擔。

惠美在聽說這件事後，反射性地就想到如果阿拉斯．拉瑪斯打算親手做巧克力，那自己就必須陪她一起做。

到這裡都還好。

即使阿拉斯．拉瑪斯說要親手做，但協助還是個孩子的阿拉斯．拉瑪斯的人是惠美，所以就結果而言，送給真奧的巧克力將是阿拉斯．拉瑪斯和惠美的共同作品。

考慮到年幼的女兒和母親之間的關係，這是非常自然的事情，就算真奧在收下巧克力後知道惠美也有幫忙製作，惠美也不認為他會因此產生什麼特別的想法。

不過。

這樣她果然還是會忍不住想。

什麼樣的巧克力能讓真奧感到高興。

以及自己為何會思考這種事情。

是因為阿拉斯．拉瑪斯難得親自做巧克力，所以希望成品能讓爸爸開心嗎？

還是因為想要做出像樣的巧克力，讓真奧大吃一驚？

又或是為了好好替擅長做料理的千穗掩護，而想要做出不遜於千穗作品的巧克力？

還是……

「……唉，真是有夠蠢。」

自己想為了真奧做點什麼。

「真是的，別開玩笑了。」

這是故障。故障也要有個限度。

想這種事對自己有什麼好處。

「有什麼關係，反正只要說是阿拉斯・拉瑪斯做的，那傢伙就一定會覺得高興。這樣就夠了吧。」

惠美幾乎是為了說服自己才刻意將這些話講出口，然後轉換心態重新開始工作。

即使看見櫃檯的液晶螢幕角落顯示今天的日期是二月十三日，她也毫不在意。

即使明天就是情人節，她也完全不放在心上。

就在她這麼想時。

「歡迎光臨……咦？」

就在惠美想轉換心情時，正好來了一位客人，而且那位客人還是她非常熟悉的人物。

「嗨，生意好嗎？」

「歡迎光臨，梨香，妳來這裡用餐嗎？」

「嗯～就結果來說是這樣沒錯。」

來人是惠美的好友，也是日本少數知道安特・伊蘇拉詳情的其中一人——鈴木梨香含糊其辭地回答。

梨香穿著駝色的長大衣搭配白色褲子，拖著一個短期旅行用的小行李箱。

就在惠美對梨香的打扮感到困惑時，後者馬上又說出更令人意外的話。

「那個，我好像沒看見真奧先生，他今天應該有上班吧？」

「咦？呃，他去外送了……妳找他有事嗎？」

「嗯。話說惠美和真奧先生，今天都是六點下班吧。」

再次說出一句奇妙的話後，梨香看了一下手錶。

現在是下午四點。雖然現在吃晚餐還有點太早，但比起這件事，梨香不知為何知道真奧和惠美今天的班表。

「等你們下班後，我希望你們能陪我去一個地方。」

「我和真奧嗎？」

「嗯。啊，我會先在這裡慢慢吃東西等你們，所以不用太趕。啊，我要炸豬肉漢堡套餐，搭配薯條和熱紅茶。啊，我有優惠券。」

「咦，啊，好、好的，我知道了，請稍等一下……」

梨香沒有回答惠美的疑問，她快速點完餐後，就將櫃檯前的空間讓給其他不知從何時開始在她後面排隊的客人。

惠美當然也必須接待那些客人，等回過神時，梨香已經在店裡找了個偏後面的位子坐下。

梨香等了約十五分鐘後，真奧才回到店裡。

他將外送袋與安全帽夾在腋下走進店內，並馬上就發現梨香坐在裡面的位子。

「鈴木梨香來啦？」

「嗯，剛才來的。那個，她好像找我們有事。」

「她也有事找我？」

「好像是這樣。」

真奧的心裡似乎也沒底，不曉得到底是有什麼事。

「唉，算了。反正我再一小時左右就下班了，總之沒發生什麼事吧？」

「嗯，店裡沒什麼狀況。你不在的期間，也沒有人光顧MdCafe。」

「這樣啊。」

真奧點點頭，將鑰匙、安全帽和防風外套放回指定的場所，仔細洗完手後走上二樓。

「梨香？」

惠美發現梨香緊盯著走上二樓的真奧，並在看不見他的背影後，非常疲憊地垂下頭。

雖然梨香之前也來過店裡好幾次，但惠美第一次看見她像今天這樣。

「啊～幸好在真奧先生回來前，都沒人點很難做的咖啡。」

代替真奧下樓的明子如此說道，然後進到店內後方處理其他工作。

「……感覺有點奇怪。」

梨香正在眼前採取奇妙的行動，而千穗也做了平常不會做的事情。

覺得不太自在的惠美——

「啊……呼。」

將差點打出來的呵欠又吞了回去。

此時正好又有一位客人從入口走向這裡。

總不能在客人面前張大嘴巴打呵欠。

追根究柢，她之所以想打呵欠，也是起因於她或許得送真奧巧克力這件事。

將自己的事情放在一邊的她，真的有資格說梨香和千穗的行動奇怪嗎？

畢竟現在最奇怪的人，無疑就是自己。

「歡迎光臨！決定好後，請來這裡點餐。」

惠美重新在心裡鼓起幹勁，以格外開朗的態度招呼新客人。

「不好意思，突然跑來找你們。」

「沒關係啦，話說我們接下來要去哪裡？」

三人一起走在真奧平常回家的路上，惠美和真奧困惑地看著走在前方的梨香的背影。

「啊，嗯，我們要去的地方很近，你們介意走一下路嗎？」

「我是無所謂……」

「喂，不管要去哪裡，我都想先回公寓一趟。」

真奧推著自行車說道，梨香回首點頭。

「好啊，這沒問題，因為地點就在真奧先生家附近。」

「我家附近？到底是哪裡啊？」

「哎呀，到了就知道了。啊，惠美，阿拉斯・拉瑪斯妹妹今天和妳在一起吧。」

「咦？嗯，是這樣沒錯。」

今天鈴乃和漆原無論如何都抽不出時間，再加上傍晚六點就能早早下班，因此儘管對阿拉斯・拉瑪斯不好意思，兩人今天一直處於融合狀態。

「嗯，那就好。對不起，在那裡等的人，說直到抵達為止，都不能告訴你們詳情。」

「「啊？」」

真奧和惠美愈來愈困惑了。

明明目的地就在Villa・Rosa笹塚附近，兩人卻完全想不到梨香的目的地是哪裡。

雖然最有可能是隔壁的志波家，但如果是那裡，應該不需要把事情搞得這麼麻煩。

聽著輪子在柏油路上轉動的聲音，兩人也開始好奇起梨香拉的那個行李箱究竟裝了什麼。

梨香現在看起來就像是要去某個地方旅行並住一晚，但總不可能是去現在空無一人的Villa・Rosa笹塚吧。

最後兩人在莫名其妙的狀況下，被梨香帶到Villa・Rosa笹塚。

「……喂，所以到底是要去哪裡啊？」

真奧停好自行車，重新問道。

「哎呀，我不會害你們啦。啊，那裡的人會請你們吃飯，所以不必擔心晚餐。」

「晚餐？是要去哪間餐廳嗎？」

惠美反射性地說道，但馬上就察覺梨香的說法有點奇怪。

如果目的地是餐廳，那梨香應該一開始就會說「要去那裡吃飯」。

「說餐廳……有點不太對。不過那裡有很多平常吃不到的東西。呃，拜託你們先什麼都別問，只要做出門的準備就好。如果覺得那裡無聊，也可以馬上回來，相對地，之後我會好好補償你們。」

梨香雙手合掌懇求兩人。

「……我知道了。真拿妳沒辦法。」

真奧皺起眉頭，但其實他早已吃膩附近的外食，所以覺得即使不曉得詳情，當作出門吃頓稀奇的晚餐也不壞。

既然約他們的人是梨香，那應該也不會被帶去見什麼奇怪的人。

儘管有許多令人在意的事情，但真奧姑且答應一起出門，他先叫另外兩人在底下等，然後走上公共樓梯。

就在真奧消失在二樓的公共走廊的同時，梨香居然提起行李箱並快速走上樓梯。

「喂，梨香？」

惠美連忙緊跟在後，而梨香甚至還有餘裕轉頭看惠美有沒有跟上來。

比惠美早一步走進公共走廊後，梨香居然直接衝進二〇一號室。

「等一下！喂、喂，妳到底在做什麼！不是叫你們等我一下嗎？」

在房間裡，真奧正打算從掛在牆上的衣架上取下外出用的羽絨外套，同時驚訝地喊道，更讓追進來的惠美驚訝的是，梨香居然直接穿著鞋子踩上榻榻米。

「抱歉，我稍微移一下。」

梨香將鋪在房間正中央的全新棉被移到旁邊。

「喂，妳幹什麼！」

「等我一下，馬上就好。」

「什麼叫馬上就好啊。」

「呀啊？」

此時，外面的公共走廊突然響起惠美的慘叫聲，讓真奧嚇了一跳。

不過他還來不及問發生什麼事，艾契斯就橫抱著惠美從玄關衝了進來。

「喔，艾契斯，時間抓得正好！」

「耶！」

梨香豎起大拇指，艾契斯也眨眼回應。

「艾契斯，妳在做什麼？梨香也一樣，這到底是怎麼回事？」

「喂！你們這是在搞什麼？快點說明一下！」

「好好好，要掀開榻榻米也很麻煩，所以不好意思，就直接在這裡解決吧。」

梨香沒有回答惠美和真奧的問題，從外套內側拿出某樣不得了的東西。

「嘿咻。」

梨香鼓起幹勁，將那樣東西插進榻榻米之間的空隙。

「梨香？」

也難怪惠美會驚訝。因為梨香拿出來的東西，正是能讓任何人都能使用「門」的天使羽毛筆。

插著羽毛的地方化為光之泉，三坪大房間中央的榻榻米開始發出難以想像是這個世界的光芒，順帶一提，就連剛才被移到旁邊的棉被末端，都稍微陷入那道光之泉內。

「唔喔喔喔，這是我做的嗎？唔喔喔喔，我好像魔法師，超興奮的！啊，對了，真奧先生的鞋子。」

梨香像是總算想起什麼般，回玄關拎起真奧的鞋子——

「啊？喂？」

然後一語不發地扔進光之泉內。

「好了，大家跟我來吧。」

接著她連同行李箱一起跳進「門」裡。

面對梨香突然的舉動，真奧和惠美只能啞口無言地呆站在原地。

「怎、怎麼辦？」

「你問我我問誰，喂，艾契斯，放我下來！我得去追梨香……！」

「放心吧，艾米！就算妳不說，我也會追上去！」

「啊？咦？等、等等，艾契斯，等一下……呀啊啊？」

惠美幾乎無法抵抗，就直接被艾契斯拉進「門」內。

這誇張的狀況，讓真奧在原地僵了幾秒。

「這、這到底是怎麼回事啊。呃，鑰匙，要記得上鎖……喂，等等我啊！」

猛然回過神後，真奧鎖上玄關大門，在房間裡亂竄了一下後，才下定決心跳進「門」內，明明接下來是要去安特・伊蘇拉，但他不知為何還是先細心地檢查了一下自己有沒有帶錢包和手機。

「喂，等等我啊！」

真奧在「門」內追著已經變小、位於遠方的梨香、惠美和艾契斯的背影，拚命穿越時空之道。

「啊啊，可惡！要是我也能用羽毛筆就好了！」

身為惡魔的真奧，雖然也能進入梨香用天使羽毛筆開啟的「門」，但如果想在裡面前進，還是得自己重新施展一次開門術。

這和真奧自己往來安特・伊蘇拉與地球的「門」可說是天壤之別。

不具備任何聖法氣的梨香，不可能有辦法做出這麼安定的「門」。

「……嗯？」

此時，真奧腦中浮現一個奇妙的疑問。

那是比梨香為何做出這種行動還要不可思議，更加根本的疑問。

天使羽毛筆的原料是來自大天使的翅膀，惡魔無法使用。

這是真奧小時候從萊拉那裡得知的情報，實際實驗過後，也發現無論惡魔們怎麼用那根羽毛刺地面，都不會有任何反應，但如同他剛才看見的那樣，只要不是惡魔，就算是身為地球人的梨香也能輕易使用。

雖然要是那些費了一番工夫才開發出「天之梯」，以及困難的「開門術」的安特・伊蘇拉法術士們聽了或許會生氣，但現在不是在意這種事的時候。

如果連接遙遠星球的「門」這麼容易就能開啟。

「……為什麼那些傢伙故鄉的居民，不自己打開『門』呢？」

※

「嘿咻……哇哇哇。」

「喝啊！」

「呀啊！」

「咦？」

經過整整四十分鐘的異世界之旅後，梨香、艾契斯、惠美和真奧四人依序抵達的場所——

「……這裡是？」

並非中央大陸的魔王城。

「這、這是什麼地方？」

惠美和真奧都對這個地方沒印象。

雖然沒印象，但他們知道自己抵達的地方是什麼設施。

「教會……不對，這裡該不會是大法神教會的聖堂吧？」

「妳說什麼？」

惠美的發言讓真奧大吃一驚，凝視帶他們來到這裡的梨香。

這麼說來，這裡周圍的設計，的確和真奧曾在中央大陸的各城市看過的大法神教會聖堂很像。

「喂、喂，艾契斯！鈴木梨香！你們到底想幹什麼……」

「喔，都到了嗎？」

然而在梨香回答前，一行人的下方傳來一道聲音。

「艾、艾伯特」

「……旁、旁邊的人是誰？」

站在那裡的是艾伯特，以及一名真奧和惠美都沒印象、身材高大的壯碩男子。

男子比高大的艾伯特還要魁梧。

雖然眼神莫名地凶惡，但他的髮型不知為何用髮蠟或髮膠固定成中分頭。

「我們成功啦！」

「你好，不好意思我們來晚了。」

代替因為接連遭遇無法理解的狀況而不知所措的真奧和惠美，艾契斯與梨香輕鬆地接近兩名男子。

「一切順利就好。我和貝爾一直都在擔憂妳能不能順利把他們帶來。」

「哎呀，真的好緊張呢！我好擔心自己是否真的能使用這個羽毛筆，連心臟都快跳出來了。」

「別這麼說，妳做得很好喔。就連從『門』出來時都有好好著地吧。」

「唉～好累，好緊張喔。」

「哎呀，梨香做事真是果斷！完全看不出來是第一次！」

「什、誰、等、這。」

「什麼，他是誰，等一下，這是怎麼回事？」

真奧和惠美各自異口異聲地講出相同的內容。

唯一一名陌生的男子走到混亂的兩人身邊，在真奧面前恭敬地下跪。

「非常抱歉，魔王大人。」

「「啊？」」

長得像美式足球或橄欖球選手的高大男子下跪低頭，並稱真奧為魔王大人。

這表示他是惡魔。

「你、你是……」

「雖然現在是這個樣子，但我是利比科古。」

「利、利比科古？」

在意外的地方聽見馬勒布朗契頭目的名字，讓真奧大吃一驚，但仔細想想，法爾法雷洛以前也曾經以人類的姿態出現在日本。

看來在馬勒布朗契當中身材算是相當高大的利比科古，似乎變成了人類型態。

「奉東方元帥大人與克莉絲提亞·貝爾閣下之命，這次我將背負隨侍在魔王大人身邊的重任。」

「蘆屋和鈴乃？」

「艾謝爾和貝爾？」

先是艾伯特、利比科古、梨香和艾契斯這個不協調的組合，然後又得知這是蘆屋和鈴乃的計畫，讓真奧和惠美愈來愈搞不清楚了。

「哎呀，你們兩位的表情真不錯呢。」

艾伯特看穿兩人的混亂，笑嘻嘻地說道。
「先告訴你們這裡是哪裡吧，這裡是北大陸的山羊圍欄，換句話說，就是菲恩施的大法神教會大聖堂。」
「北、北大陸？」
「菲恩施不是北大陸的聯合首都嗎？為什麼鈴木梨香要帶我們來這裡！」
「哎呀，如果由我、艾美或貝爾帶路，你們一定中途就會暴怒吧。我們一提起想找個不管被怎麼問都不會鬆口的人帶路，貝爾就說梨香小姐很適合，並將她介紹給我們。」
「幸好艾契斯也願意幫忙。啊～這四十分鐘對心臟真不好。唉，雖然沒比我一開始聽說這件事時誇張。話說這裡真的好冷。」
說著說著，梨香打開自己帶來的行李箱。
裡面裝滿了化妝品和許多禦寒衣物，看起來就是打算在外過夜。
「喂，真奧和艾米也別再發呆了！雖然不趕時間，但攤販的食材有限！萊拉會先幫我們占好位子，快點出發吧！」
「等、等等，先等一下！妳說萊拉也在？喂，你們到底想讓我們混亂到什麼地步才開心！這到底是怎麼回事？你們究竟有什麼企圖！」
雖然真奧和惠美因為沒有人願意進行具體的說明而愈發混亂，但梨香最後丟出的震撼發言，威力強到足以顛覆之前所有的混亂。

「今天要舉辦支爾格最熱鬧的射箭儀式。因為千穗也有報名那個儀式，所以大家要一起替她加油。」

「什……」

「什麼……」

所謂的啞口無言，應該就是用來形容這種狀況。

用來選出北大陸圍欄之長的大會議支爾格，包含了幾個階段，而千穗居然報名了其中的射箭儀式？

真奧和惠美完全無法想像為何事情會變成這樣。

「唉，所謂百聞不如一見。」

艾伯特朝愣住的兩人揮手。

「那位小姑娘的成績相當不錯喔。」

「啊，你們兩個，過來這裡坐吧！」

真奧和惠美在大批觀眾中聽見呼喚自己的聲音。

這裡是菲恩施的中央廣場。

唯一配得上蒼角族族長亞多拉瑪雷克、比廣場上的任何一座塔都要高聳的亞多拉瑪雷基努斯的魔槍，在中午的太陽照耀下形成一道陰影，睥睨和平的世界。

即席的競技場被設立在能仰望那把槍的地點，在場地的正中央，有座為射箭儀式準備、被裝飾得十分華麗的木造擂臺。

擂臺與箭靶成一直線，與那條線平行設置的觀眾席幾乎全都坐滿了，其中有一處鋪著一塊塊類似相撲比賽另外隔開的四角形坐墊席，那是允許人在一定空間內自由入座的貴賓席。

由於萊拉在一塊坐墊席上朝這裡招手，因此惠美和真奧一前一後地穿越觀眾朝那裡前進。

射箭儀式已經開始，許多年輕人帶著北大陸特有的獵弓，在擂臺上展現自己的箭術。

觀眾席的角落似乎正在開設賭局，一面巨大的板子上寫著許多人名和某種數字，選手每射一箭，底下的數字就會更改，周圍的人也配合結果跟著開心或不安。

明明是用來選出北大陸圍欄之長的大會議，現場卻充滿祭典的氣氛，惠美和真奧在這股喧鬧中強硬地穿越人群。

「幸好有趕上。在過約三十分鐘，就輪到千穗小姐那組唔……？」

抵達露出悠哉笑容的萊拉身邊後，惠美連鞋子也沒脫就走進坐墊席，不容分說地揪住母親的胸口。

「這到底是怎麼回事？」

「咦，呃，那個哇？」

緊跟在惠美後面的真奧，也用力抓住萊拉的頭。

「妳終於跨越那條不可跨越的界線了。」

「啊，你、你們兩個等一下！好可怕！周圍的人都在看！大家都在看啊！」

「我才不管。」

「誰理他們啊。」

「等、等一下！雖然這樣好像是在找藉口但我一開始其實反對也說這樣太亂來想阻止大家把千穗小姐捲進來不過提議的貝爾小姐和得知這件事後的千穗小姐本人都躍躍欲試還說直到今天為止都要對你們保密所以我才什麼都不能說坦白講我本來認為千穗小姐不可能持續晉級到今天成為支爾格的有力候選人但千穗小姐說如果射箭項目能留到最後就想請你們兩人來看所以我這次真的什麼也沒做不如說我還是站在反對的立場請你們相信我好痛痛痛即使你們以外的所有人都贊成我還是反對到底喔因為聽說我之前在東京鐵塔做出相同的事情時你們非常生氣所以說服除了我以外一直反對到最後的艾謝爾先生的人也是千穗小姐本人拜託你們放開我我快不能呼吸了啊啊啊啊啊！」

用被惠美揪住胸口前剩下的最後一口氣把藉口全部講完的萊拉臉色愈變愈蒼白，因此惠美和真奧姑且先鬆開了手。

然而他們還是無法接受。

「妳說這是貝爾的提議？」

惠美發出就連真奧都沒聽過幾次、充滿殺氣的低沉聲音，讓萊拉在恢復呼吸後，臉色反而變得更加蒼白。

「呼～對、對啊，你、你們應該也明白吧，嘶～就算我們叫北大陸的人們，呼～把魔槍交出來，嘶～對方也不可能乖乖照辦，噗呼～」

將魔槍留在這裡的人就是惠美。

當然後來她也沒有告訴任何人用法，在這次回收四樣大魔王遺產的行動中，只有這把槍的所在地從一開始就非常明確，但只要回收的過程稍有差池，就可能會為人類世界留下後患，這點惠美也很清楚。

所以惠美和真奧都在了解這點的情況下，事先告訴所有人在回收魔槍時，兩人也會盡可能提供協助。

尤其是惠美，甚至做好了如果之後想不出其他方法，將不惜親自出面去向圍欄之長借用魔槍的覺悟。

在實際擬定回收魔槍的具體計畫前，她就已經做好心理準備，也知道大家應該想不出其他好方法。

所以她一直在想有沒有什麼辦法，能說服北大陸的圍欄之長迪恩．德姆．烏魯斯與其他氏族的長老們別將滅神之戰的真相過度張揚，並在盡可能別留下政治後患的情況下解決這件事。

然而不知為何，最後居然變成千穗要參加支爾格。

「明明我和魔王都不希望千穗再面臨更多的危險，為什麼你們還要這麼做……」

「這種說法對千穗太殘忍了。她一直都是個非常懂事的孩子，現在讓她做些自己想做的事也沒關係吧。」

「咦？」

「妳、妳是誰啊？」

就在氣到血管快爆裂的惠美咬牙切齒地說話時，旁邊傳來一道聲音。

坐墊席內不知何時出現一名陌生的老太太，她凝視著射箭儀式的方向說道：

「喔，這可真是令人驚訝。」

戴著單邊眼鏡的老太太仰望真奧。

「你就是魔王撒旦嗎？」

「「！」」

真奧和惠美同時倒抽了一口氣。

「這是我們第一次見面吧。雖然迷你鐮也讓我很驚訝，但你看起來也滿年輕的呢。以一個王來說，有點缺乏威嚴。你平常有好好吃飯嗎？」

「妳是誰？」

雖然真奧被這位嬌小老太太的神祕魄力壓倒，但曾和她有過一面之緣的惠美，在看見這位意料之外的人物後難掩驚訝地喊道：

「您該不會是迪恩・德姆・烏魯斯大人吧？」

「好久不見。為了避免麻煩，我就不叫妳的名字了。畢竟不曉得會不會被誰聽見。」

率領北大陸的圍欄之長，迪恩・德姆・烏魯斯背對著勇者艾米莉亞說道。

雖然她之前若無其事地喊出了「魔王撒旦」，但每個坐墊席之間都隔了一段距離，周圍也徹底沉浸在祭典的喧囂和對射箭儀式的期待中。

就連惠美和真奧剛才揪住萊拉時吸引的注意，現在也已經被祭典的氣氛淹沒。

不對，仔細一看，坐在左邊坐墊席的人，正是艾伯特、利比科古、艾契斯和梨香。

而右邊的坐墊席是空的。

「迪恩・德姆・烏魯斯，喂，那不是圍欄之長的名字嗎？」

現在才發現老太太身分的真奧大吃一驚，但當事人像是嫌吵般瞪向真奧。

「你的聲音還真大。別說廢話了，快點坐下來吧。難得有機會觀賞支爾格招牌的射箭儀式。因為聚集了各氏族的高手，所以也有舉辦賭局。虧我特地幫你們保留了最好的位子，不看就太吃虧了。」

「迪恩・德姆・烏魯斯大人，這到底是怎麼回事？」

惠美激動地逼問突然現身的迪恩・德姆・烏魯斯。

「妳還問我是怎麼回事，是你們自己說想要魔槍的吧？雖然北大陸不能平白交出魔槍，但事關人類會不會滅亡的關鍵戰役，因此我只好幫忙準備了一個能讓你們盡快順利拿到魔槍的狀況。」

「幫、幫忙準備……」

「我大致知道妳這兩年遭遇了哪些事情。勇者和魔王在異世界互相照應並生了個女兒，現在還打算為了救回女兒的朋友向神宣戰。」

雖然這樣的說明實在太過簡略而且聽起來非常糟糕，但總之可以確定迪恩・德姆・烏魯斯已經掌握了真奧和惠美在日本的生活。

「按照常理，我應該要直接駁回把槍交給你們這種愚蠢要求，但這畢竟是老朋友的請託，所以我也只好勉強助你們一臂之力。雖然被蒙在鼓裡的你們應該覺得很不是滋味，但勇者也不是每次都能擔任主角。所以你們死心吧。」

說完後，迪恩・德姆・烏魯斯緩緩用視線將廣大的廣場從頭到尾掃過一次。

「想擔任圍欄之長這種麻煩職位的大人物們，都從大陸各處聚集到支爾格了，再加上還有來自其他大陸的客人，所以這裡的警備也比平常嚴密，何況這次我最小的孫女有報名射箭儀式，她身邊的警備自然更加嚴密。為了不讓你們背負的頭銜蒙羞，你們就冷靜地坐下，替我的孫女加油吧。」

「喂，老太婆，妳少在那裡營造好像話題已經結束的氣氛。我們還沒聽到任何想聽的回答。到底是誰在我和惠美不知道的地方，策劃了這種事情。」

「沒錯。這樣下去我實在無法接受！」

「啊？」

即使如此，真奧和惠美還是不肯罷休，迪恩・德姆・烏魯斯像是嫌吵般看了兩人一眼，然後對萊拉說道：

「萊拉，妳的女兒和女婿的器量真是狹小！還是因為有妳這種母親，所以才被養育成保守派？」

「「妳說誰是女婿啊！」」

惠美和真奧同時吐槽。

「話說萊拉，這是怎麼回事？妳認識迪恩・德姆・烏魯斯大人嗎？」

「呃，她是我以前的朋友。」

「笨蛋，誰是妳的朋友啊。我和你們一樣，是從萊拉那裡拿到這個的夥伴。」

說完後，裝飾在迪恩·德姆·烏魯斯的單邊眼鏡上的其中一顆寶石發出微弱的光芒。

「喔？」

接著坐在隔壁坐墊席的艾契斯的額頭，也發出相同的微弱光芒，不僅如此——

「噗啊！媽媽，這裡是哪裡？」

「阿、阿拉斯·拉瑪斯？」

阿拉斯·拉瑪斯也擅自與惠美分離實體化了。

面對出乎意料的新「基礎」碎片，今天已經不曉得驚訝幾次的真奧和惠美再次大吃一驚。

雖然萊拉的確曾宣稱以前散布了許多碎片，但究竟為何會選擇迪恩·德姆·烏魯斯作為託付碎片的對象呢。

就在真奧和惠美試著想像現在根本無從想像的六十年前的事情時——

「喔喔，這女孩就是傳聞中的勇者與魔王的女兒啊。萊拉，妳不可以參與這孩子的教育喔。如果交給妳扶養，長大後一定會變成沒用的大人。」

「里德姆！再不適可而止，我就要生氣囉？」

「婆婆，妳是誰？」

雖然被陌生的場所嚇了一跳，但阿拉斯·拉瑪斯並未因此鬧脾氣，只是驚訝地從惠美腿上

仰望迪恩·德姆·烏魯斯。

「嗯？婆婆我啊，是妳奶奶以前的熟人。」

「那、那個，里德姆？我不是那孩子的奶奶喔……」

「啊？妳難道是那種不想被人叫奶奶的類型嗎？妳到底在說什麼啊！對孫子們來說，不管奶奶再怎麼裝年輕，都還是奶奶！如果不希望孫子在其他地方被人欺負，就要好好讓他們叫自己奶奶！嗯，妳叫阿拉斯·拉瑪斯啊？和婆婆我一起開心地觀賞儀式吧，過來這裡坐。」

「啊，等等！」

阿拉斯·拉瑪斯坦率地坐到迪恩·德姆·烏魯斯腿上，真奧和惠美只能愣在一旁觀看。

「你們看！出來了。快點替我引以為傲的孫女加油吧。」

迪恩·德姆·烏魯斯無視兩人的反應，在她所指示的方向——

「騙人的吧。」

至今一直喧鬧不已的儀式會場，瞬間變得鴉雀無聲。

場上掛出的名字，是千穗·佐佐木·烏魯斯。

身穿純白道服、黑色護胸與黑色褶裙的千穗將頭髮紮成一束，寧靜但凜然地執弓站在展示箭術用的擂臺上。

她將七尺三吋（約兩百二十一公分）的深藍色並弓的最前端，放在身體前方正中央離地約

十公分的位置，右手以和弓並行的角度拿著甲箭和乙箭——這是最基本的執弓姿勢。

千穗配合平穩的呼吸，面向會場作揖。

在作揖的期間，弓的最前端仍動也不動地維持原本的高度，恢復原本的姿勢後，千穗先用左腳往前跨了一大步，然後是步伐稍微小一點的第二步，最後對準右腳的指尖站定。

「姿勢真漂亮。」

迪恩·德姆·烏魯斯的這句話，道出了在場所有人的心聲。

真奧完全不懂弓道的射法，但千穗的登場讓他前一刻還在動搖的內心，瞬間變得宛如水面般平靜。

※

將事情回溯到四天前。

推薦千穗參加選定圍欄之長的支爾格大會。

面對鈴乃的提案，不只是萊拉，之前一起去北大陸的艾伯特和盧馬克，也理所當然地和蘆屋與漆原一起面露難色。

尤其是蘆屋與漆原，他們完全不認為真奧和惠美會答應這種事，畢竟這個提案原本就非常亂來。

關於這點，鈴乃本人也和大家抱持相同的意見。

不過如果被問到還有誰能參加支爾格，或是有沒有其他方法和平地帶走魔槍，就完全沒人能提出有效的替代方案。

「當然，我不打算硬逼千穗小姐參加。我會將事情發生的經過與之後可能發生的狀況全都鉅細靡遺地告訴她。如果她覺得自己無法勝任，就想其他的方法。不過我認為千穗小姐是最能滿足迪恩・德姆・烏魯斯大人條件的人選。」

「不過完全不告訴魔王大人和艾米莉亞實在太亂來了。等他們之後知道這件事後，一定會大發雷霆。」

只要是知道兩人與千穗關係的人，都能理解蘆屋為何會這麼想。

「沒錯，魔王和艾米莉亞一定會強烈反對吧。尤其是魔王，他原本就已經不太想讓千穗小姐來安特・伊蘇拉了。」

「妳說得沒錯，所以……」

「還是別告訴他們，直接進行吧。」

「為什麼會變成這樣？」

鈴乃以冷淡的視線，迴避蘆屋尖銳的吐槽。

「就算告訴他們，情況也不會好轉。」

「即、即使如此……」

「艾謝爾，你該不會忘了魔王和艾米莉亞為何會將生活重心放在笹塚吧。」

說完後，鈴乃接著環視在座的所有人。

「說得直接一點，無論是魔王或艾米莉亞，在準備階段幾乎都幫不上忙。雖然最關鍵的那場戰役需要兩人的力量，但目前即使動員那兩人，也沒有任何工作能交給他們。如果明知道會被反對，那告訴他們這件事又有什麼用。我並不是要帶千穗小姐去天界或危險的戰場。只是想讓她參加安特·伊蘇拉的某場祭典。這到底有什麼好慌張的？反對將這個重責大任交給千穗小姐的人，到底是有什麼依據？」

「這、這個……」

「明明至今已經讓她遭遇過好幾次生命危險，在日常生活上也受到她許多幫助，都享受過這些恩惠了，卻只在關鍵時刻排擠她？」

「話不是這樣說的吧？先不管最後是不是派佐佐木千穗參加，即使支爾格順利進行，最後又要怎麼在能讓北大陸的人們心服的情況下把槍帶回來。現在的首長就已經無法命令底下的人把槍交給我們了，即使換成我們的人擔任首長，狀況也不會有什麼改變吧？」

漆原說得沒錯，雖然迪恩·德姆·烏魯斯承諾會幫忙，但她沒說會提供什麼樣的協助，之前的談話也還沒做出確切的結論。

「視談話方式與作法而定，這部分多的是辦法。不如說就算將這些事也考慮進去，我還是能斷定千穗小姐是最合適的人選。」

「啊？」

「……接下來的問題，在於千穗小姐是否願意接受。如果千穗小姐答應，那再來討論後續的具體作法。」

「喂、喂。」

「放心吧。如果千穗小姐拒絕，可以跟魔王和艾米莉亞說這一切都是我的獨斷專行。當然先不管千穗小姐的意願，如果還有其他方法，大家可以一起討論……然後萊拉。」

「咦？啊，嗯。」

最早察覺鈴乃的意圖並表示反對的萊拉，在突然被點到名後忍不住挺直背脊。

「請妳跟我一起來。如果千穗小姐答應，那能否實際回收魔槍的關鍵就在妳身上了。」

「……咦？」

莫名其妙的萊拉，只能驚訝地睜大眼睛。

「鈴乃小姐，萊拉小姐，妳們怎麼突然一起來找我？」

一對奇妙的組合造訪千穗家。

雖然千穗招呼她們進自己的房間，並準備了紅茶與茶點，但萊拉表現得莫名不自在，鈴乃看起來也有點緊張。

「哎呀，其實那邊的世界發生了不少事情。這次派相對比較有空的我們過來，是為了向千穗小姐報告情況，順便拜託妳一件事情。」

「這樣啊。蘆屋先生有傳簡訊給我，說大家有找到幾樣大魔王的遺產，真是太好了呢。」

大魔王撒旦應該也沒想到自己用來遨翔宇宙的遺產下落，居然會被人用類似「昨天掉的錢包找到了」一般的簡訊，傳到高中女生的手機裡吧。

「啊，是諾統和偽金的魔道吧。魔界的卡米歐似乎已經取得這兩樣遺產，艾謝爾再過不久就會過去回收。至於剩下的兩樣遺產，阿斯特拉爾之石仍在搜索中，然後關於已經知道所在地的亞多拉瑪雷基努斯的魔槍。」

「是的，我聽說在北大陸……萊拉小姐，妳沒事吧？」

在鈴乃說話的期間，萊拉的額頭冒出豆大的汗珠，非常不自在地交互看向鈴乃和千穗。

「咦，啊，嗯。那個，感覺有點熱。」

「是嗎？我把空調調弱一點。」

千穗坦率地點頭，將空調的溫度調低，但萊拉的樣子看起來還是沒什麼變。

「話說那把魔槍，是惡魔大元帥亞多拉瑪雷克先生留下的武器吧。」

雖然這是鈴乃第一次聽見有人在亞多拉瑪雷克的名字後面加上先生，但仔細想想，千穗原本就有許多朋友是惡魔大元帥。

鈴乃並沒有親眼見過亞多拉瑪雷克，因為他的體型在以身材高大為傲的蒼角族當中也算是鶴立雞群，所以鈴乃忍不住想像若亞多拉瑪雷克以人類型態來到日本會是什麼樣子，但問題是亞多拉瑪雷克本人現在已經不在了。

「嗯。關於那把槍。」

就連鈴乃也開始手掌冒汗，稍微將身體往前傾。

雖然之前對蘆屋等人發下豪語，但鈴乃發現其實這也是她第一次積極想讓千穗和安特・伊蘇拉的事情扯上關係。

自己該不會正在跨越絕對不能跨越的界線吧？

真的可以拜託千穗這種事情嗎？

果然還是先和惠美與真奧商量一下比較好吧？

猶豫與後悔瞬間席捲鈴乃的內心。

「為了回收那把槍，我想借助千穗小姐的力量。」

等回過神時，鈴乃從未見過的自己，已經粗暴地壓下猶豫讓這句話脫口而出。

「咦？」

千穗似乎還沒聽懂鈴乃的話。

「前陣子，我、萊拉、艾伯特先生和盧馬克將軍四人前往北大陸視察了那裡的狀況。當時我們有幸和北大陸的首長迪恩・德姆・烏魯斯大人談話，並在最後得知千穗小姐是回收魔槍的不二人選。」

「呃……」

「實際上好像真的是如此……」

還無法完全理解鈴乃話中之意的千穗反射性地看向萊拉，後者困擾似的低下頭以彷彿隨時都會消失的聲音輕聲回答，然後用手掌比向鈴乃，示意千穗向鈴乃詢問後續的詳情。

「我能幫上什麼忙嗎？」

千穗在萊拉的指示下，茫然地問道。

「具體上該做什麼，要等之後才會知道。不過在過程中，應該會出現必須仰賴千穗小姐箭術的狀況。」

「箭術？」

聽見這句話的同時，千穗想起自己的弓還放在學校弓道場的弓架上。

「另外冒昧請問一下，請問妳有馬術的經驗嗎？」

「馬術？」

因為並非常見的詞彙，所以千穗一時沒聽懂，但想了幾秒後就理解是騎馬的意思——

「那個，我沒有騎過馬，所以也不太清楚……」

然後如此回答。

萊拉在心裡想著「這也是理所當然」。

突然被人問能不能幫忙，而且內容還是弓箭和馬。

當然鈴乃之後一定會詳細說明亞多拉瑪雷基努斯魔槍的現況以及跟迪恩．德姆．烏魯斯的對話內容，但就千穗剛才的反應來看，萊拉實在不認為她會爽快答應。

她本來是這麼想。

直到下一個瞬間。

「我……我真的幫得上忙嗎？」

「千穗小姐？」

「與其說想是想拜託千穗小姐，不如說除了千穗小姐以外，再也沒有其他人能勝任。」

千穗的臉泛起紅潮。

她放鬆嘴角，露出笑容。

這是人發自內心感到喜悅時，才會展露的表情。

「安特・伊蘇拉明明那麼廣大，有那麼多厲害的人，而且一定也有許多比我更擅長弓箭的人，為什麼要選我呢？」

鈴乃立刻接著說下去。

「這次想請千穗小姐提供的協助，當然不是戰鬥的力量。進一步而言，也不是為了戰勝誰的力量。雖說想借用妳的箭術，但其實我們需要的不只這個，就像千穗小姐剛才說的那樣，到時候現場應該會出現許多技術比妳精湛的人物。不過即使如此，我還是認為如果想回收魔槍，就一定需要千穗小姐的力量。」

「鈴乃小姐……」

「話先說在前頭，雖然沒有生命危險，我們也會盡全力支援，但交給妳的這項任務，還是會讓妳承受莫大的壓力並對妳的身體造成負擔。如果妳聽到最後覺得自己辦不到，請務必要告訴我們。即使妳拒絕，也不會馬上釀成什麼問題，而且我們也不是完全沒有其他手段。這個提議非常亂來，除了我以外的所有人也都表示反對。」

「不過！」

千穗打斷鈴乃熱烈的發言：

「鈴乃小姐還是願意指名我吧。」

「是的。」

「我可以先問妳的理由嗎？」

「包含這點在內，我想先說明具體來說發生了哪些事，以及之後可能會發生哪些事。」

鈴乃刻意不回答千穗的問題，開始進行其他的說明。

「……好、好的。」

儘管千穗的幹勁有點被削弱，但還是端正坐姿，聽鈴乃說明他們拜訪迪恩．德姆．烏魯斯時發生了什麼事。

除了被迪恩．德姆．烏魯斯取的丟臉外號以外，包含只有千穗符合條件這點在內，鈴乃將在菲恩施視察時發生的所有事情，都告訴了千穗。

「我大致明白了。」

千穗用力吐了口氣，稍微放鬆一下。

她一口氣喝完早已變冷的紅茶潤喉，然後再次輕嘆了口氣。

「因為感覺得花不少時間，我可以先打個電話嗎？」

「當然可以。」

「啊，等、等等，千穗小姐？」

「啊，喂，不好意思突然打給妳，妳現在方便講電話嗎？好的，其實我有件事想拜託妳，是的，當然我之後也會好好向木崎小姐說明。」

然而萊拉還來不及阻止，千穗打的電話就已經接通了。

「……是的，是我無論如何都想做的重要大事。這和我未來的出路有關，我有個非去不可的地方……是！謝謝妳！我之後再找機會回報妳！不好意思這麼突然，那就先這樣……呼。」

千穗快速講完電話後，重新轉向鈴乃和萊拉。

「總之這麼一來，我接下來的一個星期放學後都有空檔了。我該做些什麼才好？」

千穗在鈴乃向她說明後續的詳細安排前，就先改變了打工的排班。

而且——

「啊，對了。請放心，我不是打給真奧哥或遊佐小姐。對方是打工處的前輩，是一位姓大木的大學生。」

「千穗小姐？」

「真奧哥和遊佐小姐都不知道這件事吧？」

「！」

雖然萊拉對此感到驚訝，但千穗在她詢問原因前就先回答：

「因為如果他們知道這件事，他們其中一個人一定會跟著一起來。畢竟他們現在大部分的時間都是待在日本。尤其是真奧哥，一旦知道我要參與這種事，絕對會全力反對。」

「我也這麼認為。雖然我本來想晚點再跟妳說明，但直到這件事無法反悔為止，我希望妳能先對魔王和艾米莉亞保密。」

「我知道了！」

「等、等等，千穗小姐答應得這麼爽朗……沒問題嗎？」

「沒問題！」

儘管臉上帶著笑容，但千穗以堅定的語氣回答：

「鈴乃小姐，謝謝妳。妳該不會很在意之前那件事吧？」

「不只是因為之前的事情。我從更早以前開始，就覺得必須給他一點教訓。坦白講，不管練馬那件事最後如何，我還是完全不覺得他有在反省。」

「小佳總是斥責我太天真或太寬容……謝謝妳。當然除此之外，我也會努力完成交付給我的工作。」

「嗯，拜託妳了。我們也會全力支援妳。」

「是的！」

「怎、怎麼這樣！要是他們之後知道這件事。」

「真奧哥可能會生氣嗎？我沒做任何惹他生氣的事情喔？蘆屋先生和漆原先生在修理魔王城時，也不會每件事都請示真奧哥，就像他們和安特．伊蘇拉的人們一起工作那樣，我也只是在覺得有必要時，依照自己的判斷替『魔王大人』工作。」

即使知道萊拉想說的問題不是這個，千穗依然如此回答。

「只有精神、技術和體力都達到惡魔頂點的人，才能獲得惡魔大元帥的稱號。所以我必須回應『魔王大人』的期待，全力完成身為惡魔大元帥的義務，這樣才不會辜負王佐主教弓（Mgr on Ald Ballista）之名。」

不知道千穗是在什麼樣的情況下被任命為惡魔大元帥的萊拉，驚訝到說不出話來。

「我一直以來都只能被大家保護，這是我第一次、第一次被安特．伊蘇拉的人們需要，並有機會幫真奧哥的忙。拜託妳，萊拉小姐。請妳讓我去北大陸。」

千穗當場屈身向萊拉行禮。

「……我知道了，我知道了啦。」

事到如今，萊拉終於屈服了。

「仔細想想，之前什麼都沒想就將千穗小姐送上戰場的我，原本就沒資格反對。我知道了。反正我無論如何都必須擔任迪恩．德姆．烏魯斯的聯絡窗口，再來只要設法說服艾謝爾先生他們、介入支爾格和指導千穗小姐使用碎片的方法……這也太趕了吧。」

「那我馬上去學校把弓箭拿回來。為了應付從明天開始要做的事情，我想先做一點練習和調整。」

「嗯，等妳忙完後，希望妳能立刻前往安特．伊蘇拉。得先讓妳和迪恩．德姆．烏魯斯大人見個面才行。」

「哇啊！要跟北大陸最偉大的人面對面談話嗎？好緊張喔！那不好意思，請你們先在房間裡等我一下，我馬上出發！」

接著千穗像陣風般跑出房間。

「真的沒問題嗎……」

「放心吧。除了魔王之後會很囉唆以外，沒有任何問題。」

「那才是最可怕的吧。而且實際上不管千穗小姐看起來再怎麼可靠，她都還只是個普通的高中女生。雖然支爾格不是戰場，但仍要面臨政治上的鬥爭啊。」

「看來萊拉還不夠了解千穗小姐呢。」

鈴乃起身，從窗戶俯瞰佐佐木家前面的馬路。

「將魔王與勇者連繫在一起、被質點之子愛慕、受勇者的夥伴們保護、被任命為惡魔大元帥、讓眾多惡魔拜倒在自己腳邊並使用法術在異世界之間穿梭，這樣哪裡算是『普通的高中女生』啊。」

鈴乃看著千穗衝向學校的背影，輕輕微笑。

「她是我們在這個世界最為堅強的夥伴。」

然後當天傍晚，千穗在鈴乃、萊拉和艾伯特的陪同下，順利完成與迪恩・德姆・烏魯斯的會面，正式參加支爾格。

※

伴隨著讓人以為是響箭的風切聲，千穗的第一箭正中靶心。

「射中了！」

真奧見狀忍不住大喊出聲，就連整個會場都被程度與上一組射箭時截然不同的騷動聲所包圍。

「我不太懂弓道，千穗剛才那一箭很厲害嗎？」

梨香在旁邊的坐墊席向艾伯特問道。

梨香沒學過概念收發（idea-link），所以她的日語目前是透過艾伯特的法術翻譯。

「那位小姑娘的箭術，徹底顛覆了我們的常識。」

艾伯特也難掩興奮地笑著說明。

「只要看其他人就能發現，北大陸的弓長度只有小姑娘那把的一半。比起每一箭的精準度，我們的射法更擅長削弱敵人的力量，也就是重視機動性與牽制的功能。雖然南方的平原地帶和北方的山岳地帶有細微的差異，但都是擅長實戰。相對地，也比較欠缺美感。此時小姑娘拿出了那把不得了的長弓，並展現出獨特的射法。」

在艾伯特指示的方向，千穗維持射箭的姿勢，進入殘身的階段。

另一方面，箭在離弓後漂亮地命中箭靶。

一般的箭靶直徑是一尺二寸，千穗的第一箭命中了比那稍大一點的箭靶中心。

雖說是儀式，但為了能在支爾格的參加者們比完箭術後進行審查，箭愈靠近靶心就能得到愈高分，採取簡單的加總計分制。

每一回合要射五箭，只要命中靶心就能獲得十分。

隨著離靶心愈來愈遠，分數也會跟著遞減為八分、五分、三分和一分，這個箭靶的設計與上面的圖案，和霞靶（註：一種由數個同心圓組成的箭靶）非常類似。

在這當中，只有千穗在之前的兩個回合都獲得滿分這種異常的成績，與第二名拉開了二十分以上的差距。

然而這種以北大陸的基準來看只能說是異常的獨特箭術，讓千穗徹底成了大冷門，賠率也異常地高。

「我們光是看見小姑娘射中那麼遠的靶心，就直接發出歡呼了，但她不同。」

在艾伯特這麼說的期間，千穗從殘身恢復持弓姿勢，注視箭靶，然後靜靜地回到休息區。

「很嚴肅吧？這就是所謂的深藏不露啊。」

所有人的視線都追著她的背影，千穗靜靜坐在擂臺邊，等待下次輪到自己，這副姿態奪走了眾人的目光。

另一方面，接在千穗後面上場的男子，是一個身材比千穗高大一倍，肌肉發達的大漢。

大漢瞪了靜靜坐著的千穗一眼，讓原本就發達的肌肉隆起數倍後將箭射了出去。

這一箭確實命中了箭靶，但和千穗正中靶心的那箭不同，大漢的箭在劃出一道拋物線後，刺進箭靶中間偏下方的位置。

「平常光是那樣就足以炒熱氣氛，但這次就沒辦法了。」

「喔……千穗很厲害啊。」

「那個小姑娘的射法原理，從根本上就和我們不同。」

在法術從以前就十分發達的安特·伊蘇拉，戰場上的箭術發展還停留在極為不上不下的階段。

和地球的古代到中世紀這段期間不同，安特．伊蘇拉在戰爭時使用的遠距離攻擊或發動奇襲時的第一擊，無論何時都是法術。

古代的安特．伊蘇拉在戰爭時使用的基本策略，就是先從遠距離互相用法術攻擊，然後再讓騎兵或步兵交戰。

因此在發動大規模戰爭時，弓箭能活躍的時機相當有限，各國都不重視箭術的發展。

弓箭一直被當成「中距離戰用的武器」，頂多只有在一些可信度不高的文獻或傳承中，能找到一些古人在法術還不發達的文明黎明時期，曾使用像「箭雨」這種從遠距離射出大量箭矢的戰術的記錄。

姑且不論像弩弓那樣的攻城武器或防守用的弓箭，幾乎整個安特．伊蘇拉都是將人類操縱的弓箭視為在無法使用法術的情況下，用來應付中、遠距離敵人的緊急備用武器。

然而即使如此，弓箭應該還是有可能被當成狙擊或暗殺用的武器，讓遠距離射擊的技術獲得進一步的發展，之所以沒變成這樣，最主要的原因果然還是法術進步的速度太快了。

有可能被暗殺的大人物無論衣物或裝備，都理所當然地施加了削弱遠距離物理攻擊的法術，雖然從古代到中世紀的法術大多都不怎麼細膩，不過到了近代，比起大規模的破壞法術，大家更優先開發能夠集中威力和提升連射性能，或是不取敵人性命只束縛敵人行動的法術，坦白講這些法術大多都能徹底取代弓箭的功能。

熟練法術和箭術需要的訓練時間差不多，然而跟如果沒有優質道具和定期補充箭矢就無法戰鬥的箭術不同，只要空氣中的聖法氣濃度高於一定值，人們就能直接使用法術。

北大陸崎嶇的地形和嚴厲的氣候，經常導致氏族之間發生小規模的衝突，此外無論是在山裡或森林內狩獵，都需要具備游擊性和隱密性的技術，所以只有這裡的箭術十分發達。

雖然這種具備隱密性的運用方式，在近年與魔王軍戰鬥時發揮了一定的效果，但北大陸人最後還是只把箭術當成用來確實射殺五～十公尺遠獵物的技術，沒有將其磨練成射程更遠的技術，即使是這場射箭儀式，原本箭靶的位置也只離擂臺約二十公尺而已。

「二十公尺？看起來應該不止吧。」

發現艾伯特的說明和自己的目測距離不符，梨香困惑地問道。

「這就是那個小姑娘厲害的地方。因為在事先演練時她每一箭都正中紅心，這樣根本沒得比，所以才多加了十公尺。」

不過誰也沒想到，這個距離更加接近千穗平常熟悉的距離。

在日本的學生弓道中，如果是近靶，那射擊位置和箭靶之間的距離一般是二十八公尺。

雖然日本和安特．伊蘇拉的度量衡標準不同，所以多少有點誤差，但這樣千穗就能以和平常相同的感覺參加比賽。

當然就算能射中三十公尺外的箭靶，也不表示射距離更短的箭靶時，命中率就一定會比較高。

在射擊比賽中，長距離有長距離的射法，短距離有短距離的射法，考慮到這點，千穗能輕易射中二十公尺的箭靶，對熟練弓道的人來說是件非常不自然的事情。

北大陸的箭術是源於實用的狩獵技術，所以不管理論如何，只要能中就好，但作為一種武道與禮法，日本的弓道就不一定是這樣了。

「這同時也是如果想實現你們的目的，就必須派擁有碎片的千穗參加支爾格的其中一個原因。」

說完後，迪恩．德姆．烏魯斯推了一下單邊眼鏡。

與此同時，千穗宛如察覺到這個動作般看向這裡。

「……沒錯。冷靜下來。妳的本性比在場的所有人都要堅強。」

迪恩．德姆．烏魯斯彷彿人就在那裡般，對千穗如此說道，而千穗明明遠在不可能聽得見這句話的地方，依然用力地點頭。

真奧和惠美都只能傻眼地看著千穗的身影。

站在那裡的千穗，和兩人以前認識的千穗完全不同。

以現在的角度，千穗應該也看得見真奧和惠美已經來了。

真奧和惠美都坐在人不多的坐墊席，所以即使聽不見兩人的聲音，應該也能模糊地看見他

們。

不過千穗像是完全沒注意到兩人般，立刻將臉轉回前方，為了深入地集中精神閉上眼睛。

完全無法將那張側臉，和平常總是在真奧與惠美身邊露出微笑、溫暖地接納兩人的高中女生聯想在一起。

「小千姊姊好硬。」

「咦？」

阿拉斯·拉瑪斯應該也看得見千穗現在的表情吧。

她坐在迪恩·德姆·烏魯斯的腿上如此低喃，真奧本來以為她是在講千穗的表情，但艾契斯提出否定的看法：

「姊姊的意思是千穗的內心變得非常堅強，沒有任何恐懼。心靈既柔軟又平靜。」

仔細一看，兩人的額頭從迪恩·德姆·烏魯斯的單邊眼鏡發光時開始，就一直持續發出微弱的光芒。

真奧驚訝地定睛凝視。

然後發現了那個。

「喂，萊拉，難不成小千……」

「嗯，沒錯。」

萊拉像是肯定真奧的猜測般點頭，亮出在手掌中散發出淡淡光芒的一小塊「基礎」碎片。

「不過這也是多虧千穗小姐堅強的本性，以及至今累積的修練才能辦到的技巧。如果沒有先打好基礎，就算我透過碎片提升她的能力也沒有意義。她真的一點都不像是普通的高中女生呢。」

萊拉的表情看起來非常開心。

在這段期間，會場也因為再次輪到千穗出場而沸騰起來。

真奧重新凝視從這個角度看過去，剛好會因為射姿而被陰影遮住的千穗右手。

在千穗射出第二箭——乙箭的瞬間，真奧發現千穗用來保護手指的護手套周圍，有某種東西發出了光芒。

是那只鑲了「基礎」碎片的戒指。

「……嗯。」

千穗確實地掌握體內的殘心，在確認第二箭命中箭靶後將弓放倒。

雖然她因為想維持和平常一樣的狀態，而在執弓時拿著甲箭和乙箭，但她參加的不是日本的弓道比賽，所以這回合接下來還要射三箭。

她按照平常的修練解除射姿，返回休息處後——

「漂亮，看來沒有人是妳的對手呢。」

負責支援的諾爾德拿著調整好的箭，笑著迎接千穗。

「我剛才好緊張。艾米莉亞小姐和真奧哥都來了。在他們面前射箭感覺好緊張，我的手都在顫抖。」

「在我看來，妳射箭的樣子一點都沒變呢。」

諾爾德露出溫柔的笑容，對仍然一臉遊刃有餘的千穗如此說道。

「如果是我，光是待在那裡就會緊張到發抖了，千穗小姐一正式上場就能立刻集中意識。這不是誰都辦得到的事情。妳可以對自己有自信。」

「……是的。啊，那隻箭的箭羽有點亂了，可以幫我換成那一支嗎？」

「了解。」

諾爾德俐落地按照千穗的指示換箭，重新整理箭矢。

「……還剩三箭。」

千穗將箭交給諾爾德準備，自己當場坐下重新集中精神。

諾爾德之所以在擂臺後面支援，是出於他本人強烈的希望。

雖然不是強悍的法術士或戰士，但在了解內情的人當中，只有他的長相完全沒曝光，因此也不會被懷疑有政治背景或作弊的嫌疑。

此外他也經歷過一定程度的驚險場面，所以非常有膽識，過去狩獵的經驗也讓他懂得操縱箭矢，諾爾德個性溫和，身材高大又蓄鬍的他看起來極為可靠，在強者雲集的支爾格當中，只有身材嬌小、纖細又年輕的千穗和其他人明顯不同，因此他也以千穗保鏢的身分大為活躍。

雖然他剛才為了舒緩千穗的緊張說了那些話，但千穗完全不覺得諾爾德會被那個場面的氣勢壓倒。

儘管主因是他的妻子萊拉就在附近觀看，但諾爾德本人也和千穗一樣，即使參與了滅神之戰並了解真相，也幫不上惠美和萊拉的忙，同時為無力的自己感到羞愧。

所以他在支爾格開始前曾偷偷告訴千穗就算只是在後方支援，能夠為拯救世界的戰役盡一份心力還是讓他開心得不得了。

「拜託你了，諾爾德先生。」

千穗在心裡向諾爾德道謝。

雖然千穗目前是在參加射箭儀式，但她白天也得參加其他完全不同的儀式和會議，而且只有諾爾德能與她同行。

諾爾德曾經待過被路西菲爾軍占領的西大陸，多虧他具體地告訴千穗如果想讓難民回到故鄉，國家應該做哪些事情，她才能勉強參與那些內容艱澀的政策討論。

至於即使有諾爾德在也無法解決的馬術項目，只要今天的射箭儀式能按照預定計畫結束，千穗應該就不需要參加馬術比賽。

「剩下三箭。」

千穗僅以視線瞄了自己的右手無名指一眼，就立刻抿緊嘴唇，從擂臺看向遠方的星靶（註：在白色材質的箭靶上畫了一個黑色靶心的箭靶）。

「……婆婆，萊拉小姐，拜託你們。」

「嗯？」

迪恩．德姆．烏魯斯額頭上的皺紋突然加深。

「喂，魔王小子。」

「啊？」

而且她居然叫曾一度征服世界的大惡魔為「魔王小子」。

即使單論年齡，真奧活過的歲月也是迪恩．德姆．烏魯斯的好幾倍，儘管對方突如其來的狂妄發言讓他忍不住粗暴地回應，但發言者若無其事地說道：

「我聽說你明知道那個勇敢又值得稱讚的孩子喜歡你，還玩弄人家的感情？」

「這是誰亂說的，是妳對吧？」

「為什麼第一個懷疑我！」

萊拉發出丟臉的慘叫聲，這時候果然非常考驗平常累積的信用。

「玩弄啊……考慮到最近的情況，或許勉強不能算錯呢。」

「喂，惠美！」

因為這樣的誹謗中傷實在太過火，魔王撒日原本想嚴正抗議，但語出驚人的迪恩・德姆・烏魯斯以意外嚴肅的表情，指向鑲在單邊眼鏡上的碎片。

「她想讓你們兩人好好見識自己的實力，所以打算不靠這個直接上場。」

「咦？」

對此感到驚訝的並非真奧與惠美，而是萊拉。

「……嗯。」

千穗吟味著和剛才一樣的殘心，但會場響起和剛才完全不同的騷動。

千穗第一次射到靶心的右側。

雖然幾乎貼近靶心，但至今每次都正中靶心的千穗首次展現的失誤，還是讓周圍的氣氛驟然改變。

第二名以下的選手們都充滿幹勁，認為這是追上千穗的好機會，但千穗還是一樣靜靜地返回休息區。

「果然還是會緊張，害射姿出現了不正。」

千穗在察覺異狀的諾爾德開口之前，搶先坦白。

「是哪裡出了問題？」

「我的臉有點偏移，所以箭才會偏向右邊。」

在弓道中，只要是射姿不良導致的問題都被稱為「出現不正」，千穗因為擔心首次沒依賴「基礎」碎片力量射出的第三箭能否筆直射向箭靶，而不自覺地將臉往後仰，引發瞄準出現偏移的不正。

她的姿勢因此稍微往右偏，讓箭射到靶心的右邊。

「好，那下一次改過來吧。第三箭和第四箭之間有段比較長的休息時間，如果肌肉開始有點疲憊，可以趁機做個伸展操。」

「這樣啊……好的，就這麼辦吧。」

千穗沒有特別去記時間表，為了稍微放鬆心情，她停止集中精神，開始大動作地做伸展操舒緩全身的緊張。

「……對不起，其實原因不止這個。」

「嗯？那是怎麼了？」

從千穗那裡收下弓箭後就站到旁邊待命的諾爾德一問，千穗就伸出摘下戒指的右手回答：

「我想只靠自己的力量決勝負，所以不自覺就得意忘形了。」

「這樣啊。」

諾爾德看起來有點驚訝，他轉向箭靶的方向搖頭說道：

「不過即使如此，結果還是很接近靶心吧。很多人甚至連射到靶心附近都辦不到，所以這沒什麼好沮喪的。」

「……好的。」

雖然知道諾爾德這麼說是為了舒緩自己的緊張，但千穗的表情還是變得更加緊張。

與其說是沒射中靶心，不如說考慮到千穗原本的實力，光是射到離靶心那麼近的位置就已經算是非常難得。

在同年代的少女中，千穗無論體力或肌力都只有平均值，也沒訓練出足以支撐射姿的體力和肌力。

高中生與大學生，或是大學生與社會人士間的弓術實力之所以會有落差，除了精神的成熟程度以外，身體的鍛鍊程度也是一個很大的原因。

鍛鍊身體能為自己帶來自信，自信能造就堅強的心靈。

就這點來看，千穗在技術、體力或肌力方面都絕對不具備壓倒性的優勢。

來自校外的社團指導者也曾說過千穗只有在集中精神這部分特別優秀，但不論精神多強韌，只要沒伴隨結果，在競技上就一點用處也沒有。

實際上在千穗那些會影響射箭準確度的不良姿勢習慣當中，瞄準的偏移也算是非常難以改正的惡習，她也好幾次在參加大賽時，因為無法矯正這個習慣而陷入危機。

簡單來講，無論萊拉再怎麼稱讚千穗，她原本的弓術水準就只有這種程度。

千穗認為自己今天之所以能炒熱支爾格的射箭儀式，有九成五都要歸功於萊拉教她如何使用「基礎」碎片。

雖然「基礎」碎片能透過注入聖法氣引發各種現象，但千穗的戒指和惠美的聖劍不同，千穗無法自己讓碎片直接發揮效果。

千穗過去之所以能發揮超人般的力量，在東京鐵塔與加百列和拉貴爾戰鬥，也是因為透過碎片被萊拉用法術操縱。

不過這次的射箭儀式是以比賽的形式呈現，萊拉很難在不被北大陸居民發現的情況下偷偷操縱千穗。

這是因為只要萊拉操縱千穗的聖法氣被人感應到，千穗就會當場失去擔任首長的資格，被趕出支爾格。

所以萊拉這次踏實地指導千穗使用碎片的方法，努力教她如何盡可能只靠自己的聖法氣引出碎片的力量，來輔助自己的弓術。

即使如此，光靠千穗一個人的聖法氣量，還是不足以持續發動碎片的力量直到最後，所以必須先讓萊拉在附近啟動碎片，再讓千穗以呼應的形式啟動自己的碎片。

換句話說如果沒有萊拉的力量，千穗絕對無法做出像剛才那樣的表現。

千穗原本就沒系統性地學習過法術，甚至連安特．伊蘇拉人都不是，即使身在安特．伊蘇拉，她的聖法氣容量也不會因此改變，自然恢復的能力更是不值一提。

按照諾爾德的說法，借用碎片的力量來提升體力和技術，會對千穗的身體造成很大的負擔，而她能儲存的聖法氣與剩餘量也絕對不算多。

不過基本上根據安特．伊蘇拉的常識，所有戰士體內多少都有儲存聖法氣，所以用聖法氣射箭這件事本身絕對不算卑鄙或違規。

然而要是不自然地服用什麼東西，那即使與聖法氣無關，也可能被認為違規使用藥物，所以直到今天的「重頭戲」來臨前，都必須盡可能節約聖法氣。

「……不，不對。」

然而這在千穗心裡，只能算是眾多理由的其中一個。

如果只是要完成鈴乃交代的任務，那她即使捨棄多餘的弓道禮儀隨便射一射，應該也能獲得不錯的成績。

為了完成弓道中的「集中」，千穗必須長時間維持射姿，聖法氣的消耗量也會因此變大，如果一下就把箭射出去，聖法氣的消耗也會相對減少。

即使如此，千穗的心裡打從一開始就沒有這種選項。

「真奧哥。」

千穗默唸重要之人的名字。

想讓真奧見到至今從未展現過的自己。

想讓他看見自己正為了達成重要友人的請託，靠自己的力量站在這裡的樣子。

想讓他知道自己擁有足以幫助他的力量。

所以她不想作弊。

「千穗小姐好像又是第一個出場呢。」

過不久，宣告要開始射第四箭的聲音響起，千穗以和之前一樣的方式拿起弓。

她沒有使用「基礎」碎片。

也沒有用聖法氣。

「……」

踏足，完成。

構身，完成。

勾弦，完成。

持弓，穩定。

瞄準，雖然有點迷惑，但感覺這次並沒有偏移太多。（註：以上為日本弓道的分解動作）

在起弓到拉弓的流程中，雖然原本覺得右肩有點太高，但最後還是穩定下來恢復正確的射姿。

然後是集中。

千穗在腦中回想起高中剛入學時的社團說明會。

當時在講臺上拉著白色竹弓的社團前輩，射姿非常漂亮。

然後從弓中段的籐線看過去的安特．伊蘇拉的霞靶，是滿月（註：指射手能從弓的左側看見完整的箭靶）。

「唔！」

箭離弓時，發出在千穗絕對不算長的弓道人生中最為悅耳的聲音，穿過射箭場刺入箭靶。

「……嗯。」

維持殘身的千穗，看見箭矢雖然稍微從中心往左邊偏了一點，但仍命中了靶心。

千穗回休息區為最後一箭做準備後，才在今晚的儀式中首次用力吐了口氣。

「漂亮，看起來很順利呢。」

諾爾德的稱讚，讓千穗稍微放鬆表情，露出笑容。

「其實我本來想高興得跳起來。」

千穗一臉滿足地看向遠方的箭靶。

「這是我第一次只靠自己的力量，在比賽中射中靶心。」

千穗至今從未在正式比賽中射中靶心，結果卻在這場關鍵的比賽中實現了這個目標。

「要是剛才那就是最後一箭就好了……」

不過還有一箭要射。

在第四箭體驗到前所未有的最佳手感，可能會導致射最後一箭時產生大意或鬆懈。

就在千穗做了一個深呼吸，想藉此讓因為這最棒的一箭而產生的傲慢與焦急平息下來時。

會場突然騷動起來，千穗看向擂臺確認發生了什麼事。

「這是……」

比千穗還早掌握狀況的諾爾德，反覆看向擂臺上的戰士和記載分數的看板。

「千穗小姐，不得了了。」

「是的？」

平常個性穩重的諾爾德難得緊張地摸著鬍子，興奮地說道：
「妳現在是優勝！」
「咦？」
千穗發出彷彿原本集中的精神瞬間渙散般的聲音。
「第二名的選手沒有射中箭靶！」
「咦？」
這下就連千穗也嚇了一跳。
之前唯一成績緊追在千穗之後的第二名選手，是一位來自南部平原地區的威蘭德氏族的大漢，然而他的第四箭連箭靶都沒碰到。
因為第二名的選手脫靶，所以即使後續的選手們接下來全部命中靶心，外加千穗的第五箭徹底落空，第二名以下的選手們的分數也無法超越千穗。
「發、發生什麼事了？」
「不知道。雖然不知道，嗯？那是……！」
斷裂的弓弦，垂落在威蘭德氏族的男子手邊。
男子當場愣了一下，但馬上死心般的聳肩，朝會場用力揮手後，便返回擂臺後方。
然後直接走到千穗面前。

「那、那個……」

「……」

男子從比諾爾德高一顆頭的位置俯瞰千穗，雖然這股魄力讓千穗瞬間退縮了一下——

「妳的弓很棒。」

但男子只是佩服地如此說道。

「輸給像妳這麼厲害的射手，我心甘情願。為了追上妳的箭，我忍不住勉強了自己。這實在是不該犯下的失誤。」

男子苦笑地看向斷裂的弓弦，在千穗面前跪下。

「偉大的烏魯斯之長的孫女啊，我有個請求。」

男子也是被推舉參加支爾格的人，因此當然知道千穗的出身。

「請、請說。」

「可以借我摸一下那把弓嗎？」

「弓？」

千穗說想在高中研習弓道時，父親幫她買了一把由竹芯搭配玻璃纖維製成的弓，這對學生來說算是相當高級的款式。

「我知道這個請求非常冒昧。居然要戰士，而且還是烏魯斯之長的孫女揭露自己的王牌，這實在是失禮至極……」

「請吧。」

「但請妳務必真的可以嗎？」

男子沒想到千穗會這麼輕易就把弓交出來，高大的身軀動搖不已。

「請吧。只是摸一下並不會怎麼樣。」

「那、那麼失禮了……」

或許是以為諾爾德也是烏魯斯氏族的人，男子先向他行了一禮，然後從千穗那裡接過弓。

「好輕。還有這細緻的觸感……看起來像是竹子但又微妙地有點不同……」

即使說是玻璃纖維，對方應該也聽不懂，千穗自己也不太清楚什麼是玻璃纖維，所以只好將父親買整套弓道用具給自己時，從店員那裡聽來的說明照搬過來。

「這把弓是由竹子和特別的芯材製成，能讓像我這樣的初學者，在後座力較小的情況下射出力道強勁的箭。」

千穗一說將來想拿竹弓，父親帶她去的弓道用具店就推薦了這把弓。

這把弓的觸感與竹弓接近，不僅拉動時的手感柔和，還能射出強勁的箭。

相對地它的後座力並不大，據說這系列的弓展現的弓力，感覺比帳面數字還強，所以必須確實地鍛鍊身體。

由於以良好的射姿射出時，聲音會稍高一點，因此感覺就像弓會告訴自己射姿如何，雖然用玻璃纖維或碳纖維製成的弓通常耐用年數會比竹弓短，但千穗打算盡可能珍惜地用久一點。

「妳是初學者？」

除了剛才的第三箭以外全部正中靶心的千穗一說自己是初學者，就連男子都難掩驚訝。

「是的，坦白講我只學了約兩年的弓，今天的成績只能說是運氣和身體的狀況特別好。」

「難以置信……」

當然這背後還牽涉到「基礎」碎片的力量，但現在提這個也沒意義。

「不過這讓所有氏族重新意識到原來烏魯斯氏族也有可怕的年輕人。或許妳會以迪恩·德姆大人繼承人的身分，當選圍欄之長也不一定。」

「沒這回事。即使箭術可取，我也完全不會騎馬，在政治與經濟方面的知識更是遠遠不及其他氏族的各位，只是奶奶……啊，迪恩·德姆大人硬要推薦我參選而已……」

當然千穗真正的目的是回收魔槍，而且還是透過拜託迪恩·德姆·烏魯斯才得以出現在這裡，但透過謊言參加對北大陸人來說非常重要的支爾格，還是讓千穗產生了一絲罪惡感，她完全不認為自己適合擔任首長。

「千萬別這麼說，光是讓其他氏族無法射到最後，就足以讓所有氏族重新對烏魯斯之名產生敬意了。之後請幫我向迪恩·德姆大人問好。另外……」

男子露出爽朗的笑容將弓箭還給千穗，拍了一下她的肩膀說道：

「我也很期待妳會展現出什麼樣的『奉射之儀』。」

「……是的，我會努力。」

奉射之儀，是將競技擂臺清空後，讓優勝者展現自己最擅長的弓箭特技，獻給氏族、自然或北大陸信奉的神明們的最後儀式。

有人為了感謝廣大的大地，而像流鏑馬（註：日本的一種騎射技術）般邊騎馬邊連續射向箭靶。

有人準備收穫的樹木、花草、果實或肉，讓別人將那些東西比做飛鳥拋向自己，再用飛碟射擊的要領一一擊落。

甚至還有強者採用同時射三支箭命中三個箭靶，這種不管是物理上或獻祭儀式上都讓人搞不懂目的為何的射擊方式。

話雖如此，由於大部分的花招都已經被用過，因此大會事先都會詢問成績優秀者之後打算進行什麼樣的奉射，千穗也在和鈴乃商量過後，於一開始就向大會申報之後會採用何種射擊方式。

威蘭德氏族的男子離開後，諾爾德來到千穗身邊。

「那麼，接下來就是真正的正式演出了。」

「是的。」

「因為早早就取得優勝，所以反而會在準備上花比較多時間。奉射之儀的時間似乎沒有提前，在那之前妳就先好好休息吧。」

千穗點頭，從跪姿起身，她朝擂臺和箭靶的方向行了一禮後，才總算能暫時從緊張之中解脫。

「結、結束了嗎？」

看見人潮聚集到擂臺周圍開始進行拆解，真奧忍不住遺憾地問道——

「怎麼，你剛才明明一直在抱怨。」

但馬上就被迪恩·德姆·烏魯斯吐槽。

「呃，那個……」

「哎呀，可是我能理解真奧先生的心情。這表示千穗獲得優勝了吧？」

在一旁的坐墊席，梨香仍對著被拆解的擂臺拍手。

千穗大爆冷門地獲得壓倒性優勝，歡呼和慘叫聲在觀眾席角落的賠率板前此起彼落。

「千穗真強！雖然我以前都沒聽說過，但說不定她在社團活動方面也有取得很好的成績。

我好久沒這麼興奮了。我要不要也來重新練習游泳呢。」

興奮未消的梨香甚至流下了眼淚，但她立刻環視周圍。

「咦？惠美，妳媽媽去哪裡了？」

「……啊，咦？」

從中途開始就專注地凝視擂臺，現在注意力也仍放在為千穗的奉射之儀重新整頓的競技場上的惠美，在聽見梨香這麼說後，才總算發現原本待在旁邊的萊拉不見了。

「嗯，喂，妳那邊的利比科古也不見了。」

真奧發現原本坐在梨香等人的坐墊席內，身材高大的利比科古也不見蹤影。

「萊拉和馬勒布朗契的頭目，接下來要為千穗的奉射之儀做準備。」

回答這個問題的人，是迪恩・德姆・烏魯斯。

「萊拉和利比科古？他們要做什麼準備？」

雖然知道奉射之儀是為了彰顯優勝者的榮耀所進行的表演活動，但到底那三個人是在為什麼做準備？

「你們比我聽說的還要遲鈍呢。還是那個叫日本的國家真的和平到能讓魔王和勇者一起變痴呆嗎？你們來這裡是為了拿那個吧。」

迪恩・德姆・烏魯斯受不了似的開口，用下巴指示睥睨競技場的魔槍。

「按照計畫，千穗接下來將借助萊拉的力量進行誰都沒做過的奉射，馬勒布朗契會趁機吸引周圍的注意，最後迷你鐮會趁大家的注意力被馬勒布朗契的花招吸引時回收魔槍。」

「這、這種事真的做得到嗎？」

真奧和惠美完全無法想像鈴乃要怎麼在千穗進行表演活動的期間回收魔槍，以及萊拉和利比科古會如何行動。

「話說老太婆，有件事我從剛才就一直想問了。」

事到如今，真奧總算針對迪恩・德姆・烏魯斯從剛才就好幾次掛在嘴邊的詞彙提出疑問。

「妳說的『迷你鐮』該不會……」

與之相對，迪恩・德姆・烏魯斯的回答十分簡潔。

「死神之鐮・貝爾這個誇張的外號給她實在太浪費，叫她迷你鐮就夠了。」

「「噗哧！」」

雖然原本就覺得應該是這樣，但真奧和惠美在聽見預料之內的回答時，還是忍不住同時笑出聲。

「西方的那些傢伙到底在想什麼，居然用什麼死神和鐮刀替那個小姑娘取外號。叫她迷你鐮就行了啦！」

迪恩・德姆・烏魯斯每次說出迷你鐮這個詞，真奧和惠美都得顫抖著肩膀拚命憋笑。

各方面來說，笑出來都對鈴乃太失禮了。

但此時只有真奧在心裡下定決心。

為了報這次被蒙在鼓裡的仇。

「我決定這陣子都要叫她迷你鐮。」

此時響起奉射之儀已經準備完畢的銅鑼聲，真奧等人與觀眾們都同時望向競技場。

接著現場被另一陣騷動聲支配。

眼前沒有任何特殊的東西。

在被魔槍之影籠罩的競技場，只有擺出執弓姿勢的千穗與奉射用的箭靶。

不過——

「喂喂喂，那樣真的沒問題嗎？」

就連對日本與安特．伊蘇拉的弓術都不熟的真奧，都忍不住發出疑問。

千穗與箭靶之間的距離實在太遙遠了。

雖然只是真奧的目測，但如果剛才擂臺上射手與箭靶的距離是三十公尺，那現在的距離隨便都是之前的三倍。

現場的所有人，都為在距離箭靶約一百公尺的地方擺出執弓姿勢的千穗感到驚訝。

據說在使用日本弓進行實戰的世界，只要超過三十間（約五十五公尺），就是射手的技術無法企及的領域。

在作為競技的弓道中，有一種被稱做遠靶的形式，按照規則，選手們最遠可能得用九十公尺遠的箭靶來進行比賽。

不過現在大部分的弓道場使用的遠靶，通常都是設計成六十公尺。

雖然過去在日本的三十三間堂舉辦的「堂射」儀式中，據說曾有箭飛過約一百二十公尺遠的距離，但那只是飛過這樣的距離，並非射中前方的箭靶。

三十三間堂在現代也會模仿過去的「堂射」，每年舉辦一次大靶全國大賽，但射的是六十公尺遠的普通遠靶。

換句話說只要是在正常條件下使用弓箭，那不論是按照日本或安特·伊蘇拉的常識，都不可能射中一百公尺遠的箭靶。

在這副極具衝擊性的景象帶來的動搖尚未平息前，大會開始公布這次的優勝者姓名、要展示何種弓技，以及要採取何種射法，讓會場的騷動愈演愈烈。

這次的支爾格射箭儀式優勝者千穗·佐佐木·烏魯斯，將抱著對亞多拉瑪雷克遺槍的敬意進行奉射，用以箭穿箭的方式模擬出那把長槍的樣子。

大會如此宣布。

以箭穿箭是指後射的箭矢射到先射的箭矢末端，只要前箭有射中箭靶，那後箭也會被視為中靶。

儘管稀奇，但即使是在學生弓道的世界中，也不是完全沒發生過。不過出現以箭穿箭的大多是近靶，而且幾乎都是出於偶然，既無法刻意為之，也沒必要這麼做。

後箭射中前箭後被彈開，稱做「中箭尾」。

發生「中箭尾」時，後箭會被視為沒中，而即使成功發生「以箭穿箭」，前箭也會損壞到無法繼續使用，所以在喜悅過後會湧出一股難以言喻的寂寥感。

明明光是宣稱要對一百公尺遠的遠靶施展以箭穿箭就已經夠不符合常理了——

「千穗是不是準備了三支箭？」

惠美看見千穗準備了三支箭。

雖然近靶用的箭和遠靶用的箭無論前端的構造或箭身的直徑都不同，但由於遠靶用箭的箭身會做得比較細，因此應該更難施展以箭穿箭。

「是千穗自己說如果想對那把長槍進行奉射，那只用兩支箭會不夠有魄力。」

迪恩·德姆·烏魯斯開心地說道。

「那女孩真的想成為你們的力量。雖然小看那女孩的你們似乎既沒有發現她的心情，也沒有發現她的力量。」

小看了她。

這句話刺入真奧和惠美的胸口。

在兩人內心的某處，難道真的沒將不具戰鬥能力的千穗視為絕對必須守護的存在嗎？

在他們內心的某處，難道真的沒擅自將千穗視為無法在滅神之戰中擔當大任的存在嗎？

明明千穗從平常就不諱於宣稱想成為真奧與惠美的力量，但他們是否只將她的意志當成一種心意接受，並因此疏遠她呢。

「如果你們真的想討伐神明，那她的下一箭，將成為替安特・伊蘇拉未來百年拉開序幕的響箭。」

對整個會場優雅地行了一禮後，千穗用右手拿起一支箭，舉弓並踏出腳步。

千穗的眼裡沒有一絲迷惘，她舉弓後拉弓搭箭的身影，宛如一幅被畫在屏風上的畫。

「小千姊姊！加油！」

「上啊！千穗！」

「眼神不錯。那是戰士的眼神。」

阿拉斯・拉瑪斯、艾契斯和迪恩・德姆・烏魯斯的碎片開始發光，像是為了與之呼應般，千穗的右手也發出紫色的光芒。

「……唔！」

伴隨清澈的高音，箭矢擺脫弓的束縛，並在下一個瞬間漂亮地刺進靶心。

怒吼般的歡呼聲支配廣場。

箭矢筆直地命中一百公尺外的遠靶。

明明光是這樣就夠讓人難以置信了，千穗居然立刻拿起第二支箭。

千穗一拉弓，廣場便再次籠罩在緊張的氣氛中，阿拉斯・拉瑪斯和艾契斯都屏息凝視著千穗。

真奧也緊張到彷彿能聽見自己的心跳聲。

「唔！」

箭矢再次伴隨著高音離弓。

這次傳入耳中的聲音和中靶時不同，顯得略微低沉。

「…………好厲害。」

「千穗真厲害……」

真奧和惠美都忍不住如此低喃。

千穗漂亮地完成了以箭穿箭。

後箭的威力讓前箭有一半以上沒入箭靶，彷彿一開始射出的就是一支長箭。

現在已經聽不見歡呼聲。

千穗準備了三支箭。

所有人都在靜待前所未見的「超遠靶的三箭相連」。

千穗拿起最後一支箭，再次執弓並踏出腳步。

在會場中的視線都集中在千穗身上時——

「！」

真奧和千穗對上視線。

理應背對這裡舉弓的千穗，剛才確實稍微轉頭看向真奧。

即使隔著肩膀，那對深邃的眼睛仍深深吸引真奧，甚至讓他忘了呼吸。

真奧覺得她笑了。

但在下一個瞬間，千穗已經筆直地看向箭靶，真奧開始搞不懂千穗剛才是否真的有看向這邊。

千穗感覺全身的聖法氣正無限地高漲。

只要射出這一箭，自己的工作就結束了。

她原本就是為了欺騙所有北大陸的支爾格參加者，才會待在這裡。

不論是鈴乃願意依賴自己，或是自己能幫得上真奧的忙，都讓千穗感到高興，鈴乃等人策劃了魔槍的回收作業，而千穗也以其中一員的身分站在這裡。

不過現在那些雜念已經全被抹去，千穗的眼睛注視著隱約能從籐線左側看見的微小靶心，以及更之後的地方。

「惡魔大元帥，亞多拉瑪雷克。」

千穗呼喚過去曾與真奧敵對、鍛鍊真奧、與真奧並肩作戰並曾是他的好友，但現在已經絕對沒機會見面的偉大惡魔之名。

「請你再次為了魔王撒旦，揮舞從蒼角族的偉大祖先們那裡繼承的魔槍。」

千穗一讓全身的聖法氣活性化，手上的弓與箭便同時發出銀色的光輝。

「那是……？」

真奧曾見過那個光芒一次。

而且那正是千穗曾在東京鐵塔展現過的光芒。

當時千穗藉由在背後操縱的萊拉與「基礎」碎片的力量搜刮周圍的魔力，導致魔力結界宛如同時被淨化般在空中消散。

如今現場並沒有像當時那樣的魔力，所以即使重複當時的舉動也不可能產生什麼效果。

真奧只能認為千穗是想將自己的力量提升到極限，實際上不只是千穗本人，與這一連串計畫有關的鈴乃、萊拉、迪恩・德姆・烏魯斯、利比科古和艾伯特也只期待她做到這點。

然而——

事後誰也無法解釋當時發生的現象。

千穗的腳邊開始冒出如荊棘般纖細的冰柱。

冰柱像是為了守護千穗的全身般緩緩在她周圍纏繞，最後與散發銀色光芒的弓融為一體。

「那是……」

真奧的呼吸這次真的停止了。

不可能有這種事。

他以為自己再也沒機會看見那個魔法。

這個出乎意料的狀況，也讓艾伯特和迪恩・德姆・烏魯斯忍不住探出身子，但千穗本人仍面不改色，專注地凝視箭靶。

「謝謝你，亞多拉瑪雷克先生。」

然後，箭矢離弦。

帶著銀光的箭矢，在陽光的照耀下拉出宛如鑽石星塵般的軌跡，伴隨著彷彿能轟動整個世界的美麗音色刺入前箭的箭尾。

與此同時，地面噴出足以將相連的三支箭與箭靶全部吞沒的冰晶。

那些冰驅散了鑽石星塵直衝天際，最後將奇蹟連在一起的三枝箭封印在冰中，進化成和魔槍一模一樣的形狀。

「……」

會場已經連喧鬧都沒辦法，只能交互看向將少女夾在中間的一對魔槍。

身上已經沒有光芒或冰柱纏繞的千穗若無其事地放下弓，朝將三枝相連的箭封印起來的冰槍行了一禮。

就在此時。

「那、那是什麼！」

某人慘叫般的聲音，讓所有人都望向聲音的方向。

「什麼！」

「那是……」

真奧和惠美也看向那個方向，同時發出驚呼。

千穗是最後一個看向那裡的人。

一開始就在的真正魔槍。

在那把槍的旁邊，出現了曾經占領北大陸、集恐懼與尊崇於一身的惡魔大元帥的身影。

「亞多拉瑪雷克……」

彷彿隨著真奧的低喃傳播出去般，亞多拉瑪雷克的名號如漣漪般傳遍整個競技場。

過去曾被譽為蒼角族神祖再世的偉大族長亞多拉瑪雷克的身影，專注地凝視某個方向。

在最初的動搖平息後，人們開始追逐他的視線，然後發現剛才展現了奇蹟奉射的那名嬌小少女。

「剛才是你幫了我吧。」

千穗微笑地對身軀比自己大上好幾倍的巨大藍色牛頭惡魔說道。

「謝謝你。」

她恢復持弓姿勢，朝魔王軍的大前輩行了一禮。

亞多拉瑪雷克見狀，似乎也跟著微笑了一下。

「啊啊？」

接著亞多拉瑪雷克的身影再次溶入虛空中消逝。

與此同時，魔槍周圍開始被從天而降的藍光籠罩，藍光沒多久便化為光柱，在這不穩定的空間中，魔槍宛如逐漸溶解般變得扭曲。

千穗起身，緩緩仰望這副景象。

藍色光柱在迸出耀眼的光芒後消失，亞多拉瑪雷克和魔槍已經不見蹤影，眼前只看得見菲恩施一如既往的藍天。

現場只剩下傻眼的北大陸人民、將奇蹟的奉射封印在自己體內的嶄新冰之魔槍。

以及一名引發奇蹟的少女。

※

中央大陸，舊伊蘇拉·聖特洛遺址，魔王城。

在臨時遷移到寶座大廳的三坪大空間中，真奧、蘆屋和漆原正圍著被爐吃午餐。

「真是的，既然你們全都知情，為什麼不告訴我。」

「就說是因為真奧一定會反對啦。有什麼關係，反正最後一切順利。」

「非常抱歉，等我得知詳情時，貝爾和迪恩·德姆·烏魯斯已經打點好一切，根本來不及阻止……」

「雖然就結果來說是一切順利。」

真奧放下飯碗，在將嘴巴裡的米飯吞下去的同時，看向隨便靠在寶座大廳牆上的某個巨大物體。

那是當時消失在藍色光柱中的亞多拉瑪雷基努斯的魔槍。

「你們知道我在菲恩施被嚇到減了多少年的壽命嗎？」

「有什麼關係。你不是看到好東西了嗎？畢竟連之前那個沒口德的老太婆都坦率地誇獎，貝爾、萊拉和艾伯特．安迪也讚不絕口。」

「前提是一開始就知情啊！」

「真是的，嘮嘮叨叨地吵死人了！真奧以前有這麼不乾脆嗎？只要和佐佐木千穗扯上關係，你就會變得不講理。不然你有什麼替代方案嗎？」

「囉唆！」

「魔王大人，飯粒噴出來了，請您冷靜。」

「囉唆囉唆！這到底是怎樣啊！」

真奧幾乎陷入自暴自棄的狀態。

魔槍消失後，北大陸的支爾格史上首次沒跑完後續的流程，就直接中止了。

亞多拉瑪雷克的幻影現身。

以及魔槍消失的事件。

新的冰之魔槍的出現原因，被視為特級的異常狀況，迪恩．德姆．烏魯斯以圍欄之長的權限提出臨時動議，緊急展開調查，全氏族也都贊同她的意見。

當然迪恩．德姆．烏魯斯從一開始就知道會出現亞多拉瑪雷克的幻影與魔槍會消失的事情，但沒有人預料到千穗的冰箭與冰之魔槍。

按照原本的計畫，千穗應該會藉由萊拉與「基礎」碎片的力量，在射箭儀式中取得前所未見的好成績，趁她在奉射之儀中大展身手時，利比科古會使用馬勒布朗契的特技死靈術與幻影魔法製造亞多拉瑪雷克的幻影。鈴乃則是趁大家被那股魔力吸引時，在不被北大陸的法術士們察覺到聖法氣的情況下，用天使的羽毛筆開「門」將魔槍傳送到其他地方，演出一場人為的奇蹟。

不過超出所有人計畫的奇蹟，真的發生了。

幫助千穗射出第三支箭的冰荊，無疑是亞多拉瑪雷克擅長的魔冰術。

千穗的第三箭造出的冰之魔槍至今仍屹立在原處，且沒有融化的跡象。

初步調查的結果顯示那把冰槍不含任何魔力，迪恩・德姆・烏魯斯也透過盧馬克將這個結果轉達給聖・埃雷的法術監理院，但為何它不會融化，至今仍是個不解之謎。

「我們唯一想得到的解釋，就是房東太太和萊拉所說的聖法氣異常，亦即亞多拉瑪雷克遺留在菲恩施的魔力，和佐佐木小姐的『基礎』碎片之力產生了某種奇妙的反應。」

萊拉在透過千穗介入東京鐵塔的戰鬥時，曾利用千穗射出的箭驅散真奧等人聚集的魔力。

此外亞多拉瑪雷克曾在北大陸立了名叫冰樹塔的魔力天線，因此或許是千穗的力量與亞多拉瑪雷克遺留在地下水脈的魔力產生了某種反應。

話雖如此，她們也不知道那個「某種反應」背後的原理，與冰之魔槍有關的事項，到頭來還是充滿謎團。

「坦白講感覺之後的事情，只要全丟給北大陸自己處理就好。就結果而言，那把冰槍為盧馬克和艾美拉達省了不少麻煩吧。」

在北大陸的一大盛事支爾格中發生的奇蹟，比之前勇者艾米莉亞和惡魔大元帥艾謝爾再次現身於東大陸內戰的謠言，還要迅速並正確地傳遍世界。

因此艾伯特之前讓法術監理院處理的聖·因古諾雷德的地下水調查結果，或許會有助於解開從菲恩施地下湧出的神祕冰柱的謎團，盧馬克和艾美拉達以此為理由，佯裝毫不知情地透過外交管道和迪恩·德姆·烏魯斯接觸，一同調查這次的一連串事件。

目前完全沒人懷疑魔槍是被別人偷走了。

魔槍是追隨主人回到天上（正確來說是回到魔界），或是亞多拉瑪雷克從另一個世界回來拿忘了帶走的東西時，發現魔槍已經被北大陸人民接納，於是便透過千穗·佐佐木·烏魯斯留下替代的魔槍，諸如此類完全沒有科學根據的超自然說明，已經被覺得有趣的人們傳遍街頭巷尾。

總之無論結果或之後的反應如何，原本被認為最難達成的亞多拉瑪雷基努斯的魔槍的回收任務，最終還是大功告成。

奉射之儀結束後，真奧和惠美在競技場與千穗會合，兩人一時不曉得該對千穗說什麼，就這樣沉默了一會兒。

已經將弓箭交給諾爾德保管的千穗，也尷尬地像把雙手插進口袋裡般，將手藏在褶裙的衩口內不斷擺動褶裙。

「喂，你們快說點什麼啦！」

梨香率先打破沉默。

背部被用力推了一下的真奧，稍微靠近千穗一步。

接著千穗也紅著臉，以像是準備挨罵的孩子般的眼神，由下往上看向真奧。

「那個，真奧哥，我……」

「呃，嗯，什麼事。」

真奧不知為何無法正面承受那道視線，差點想要別過臉。

但還是在千鈞一髮之際壓下這股衝動。

要是在這時候別過視線，就再也無法正面面對千穗。

他如此認為。

「佐佐木千穗！」

「是、是的！」

突然被真奧以全名稱呼，讓千穗猛然挺直背脊。

「妳做得很好。幹得漂亮。」

「……真奧哥。」

「亞多拉瑪雷克一定也很高興。」

說完後，真奧看向冰之魔槍。

那確實有資格作為曾以魔冰之力支持自己霸業的惡魔大元帥的象徵。

千穗也點頭贊同這句話，在用力吸了口氣後，堅定地仰望真奧——

「魔王大人。」

然後第一次對真奧說出這句話。

「惡魔大元帥佐佐木千穗，順利完成任務了！」

「……辛苦妳了。」

這就是極限了。

「呼啊啊啊啊啊啊啊啊啊！」

千穗用力吐了口氣，當場癱倒。

「好、好緊張。真是緊張死了啊啊啊！」

「沒、沒事吧？」

真奧忍不住出手扶了一下跪倒在地的千穗。

這樣的姿勢正好就像是從正面抱緊千穗，讓兩人在極近距離對上視線。

真奧瞬間慌了手腳，千穗則是稍微羞紅了臉，但仍開心地露出微笑。

「……嘿嘿。不過，剛才有稍微恢復一點。」

「什麼……啊，喔、喔……」

「對不起，瞞著你們做出危險的事情。」

「不，那個，也沒什麼危險啦，而且我們還看到了很棒的東西，該說是很厲害嗎，小千的弓，那個，真的很棒。」

雖然真奧無法順利地表達，但千穗還是覺得很高興。

「我獲得了許多人的幫助。所以我本人的力量真的不算什麼。」

「不，沒這回事。萊拉也說是因為妳的基礎夠好……」

「不過幸好能讓你們看到。這樣我的努力也算是值得了。」

「喔、喔……」

看著開心的千穗與笨拙的真奧——

「要誇獎就好好誇獎啦。」

站在真奧後面的惠美受不了似的說道。

「惠、惠美。」

「遊佐小姐……」

「千穗真的總是會讓我們大吃一驚呢。不過妳這次的舉動對心臟實在太不好了……希望妳以後能事先跟我們說一聲。」

「好的。我不會再瞞著你們做出這種事了。」

千穗開心地點頭，在真奧的攙扶下起身。

「我拜託明子小姐跟我換班，託支爾格的福，我覺得自己稍微找到未來的方向了，真奧哥……」

面對千穗蘊含了決心的告白——

「我不在乎稍微多繞點路。我已經知道不管要花多少時間，我的目標都只有一個。所以……不管到哪裡我都會追上你。」

「喔、喔。」

真奧只能笨拙地如此回應。

「那天真的對心臟太不好了……各方面說都是如此……」

「你怎麼還在說這種話。」

對真奧沒完沒了的抱怨做出回應的人，並不是漆原。

「唔噗……鈴、鈴木小姐？」

蘆屋做出比真奧還誇張的反應。

「嗨，大家好。」

梨香穿著像是剛下班的外出服，手裡抱著一個大紙袋。

寶座大廳距離地面非常遙遠，所以她不太可能是自己走路上來。

大概是從自己在日本的家裡，用天使羽毛筆開「門」過來這裡吧。

「妳用『門』的方式也愈來愈隨興了呢。」

真奧半是苦笑地說道，梨香乾脆地回應：

「這就和搭新幹線或飛機一樣啦。第一次一個人搭時，就連買票都會感到不安，但習慣後就會覺得沒什麼好怕的。」

真奧、蘆屋和漆原都沒搭過新幹線和飛機，所以對這個比喻沒什麼概念，但他們知道簡單來講，就是梨香已經習慣往返異世界。

「話說雖然有點晚了，但這個給你們。」

「嗯？」

梨香脫下鞋子走上榻榻米，從紙袋裡拿出三個包裝漂亮的盒子放在三人面前。

在三個盒子中，只有蘆屋面前的盒子比另外兩個大上一倍，包裝也特別豪華。

「這是什麼？」

「真奧先生，你怎麼會問這種問題。當然是情人節巧克力啊。雖然已經過了十四日，但還在容許範圍內吧。」

被梨香這麼一說，真奧看向放在榻榻米角落的收納櫃上的日本月曆。

雖然情人節已經過了兩天，但考慮到自己是在二月七日從楠田那裡收到人情巧克力，這樣的確算是在容許範圍內。

「為什麼只有蘆屋的特別大啊？」

然後不曉得到底有沒有在看氣氛的漆原，則是直截了當地提出這個問題。

「當然是因為真奧先生和漆原先生的是人情巧克力。蘆屋先生的是真心巧克力啊。」

「……唔？」

「鈴、鈴木小姐，可是……？」

雖然大致有預料到是這樣，但這句話還是讓蘆屋大為動搖。

「啊，下個月不用特別回禮沒關係。你們接下來應該很忙，所以有心情再回禮就好。」

「那、那個，我不是這個意思……」

蘆屋曾經明確地拒絕梨香的告白。

至少他認為自己已經明確的拒絕了。

所以這一個月他幾乎沒和梨香見過面，實際上也真的沒什麼機會和她見面。

「那是什麼意思？」

「呃，那個……」

「真是不清不楚呢。」

梨香在察覺蘆屋的動搖後露出微笑。

「哎呀～我後來仔細想了一下，發現自己其實沒有被甩呢。」

「咦？那個……」

「艾謝爾先生最後還是跟某人一樣，沒有給我明確的答覆呢。」

「……」

那個「某人」一臉不悅地將臉別開。

「唉，如果真的覺得討厭就直說吧。不過在那之前，我都會抱持和千穗同等程度的覺悟進攻。啊，對了，千穗還在底下嗎？」

「咦？啊，是、是的。」

「這樣啊，那我去跟她打個招呼。」

說完這些話後，梨香自然地從外套口袋裡掏出天使的羽毛筆插到地上，跳進從那裡開啟的「門」內。

她應該是透過那扇「門」前往地面了吧。

對梨香隨興開啟的「門」聳了聳肩後，真奧不經意地將臉轉回餐桌，然後正面對上漆原厭煩的視線。

「我說你們啊。」

「嗯？」

「被人類女性像這樣耍得團團轉，都不會對自己身為惡魔的生活方式感到疑問嗎？」

雖然被漆原教訓生活方式就完蛋了，但真奧和蘆屋難得都無話可說。

「那、那麼，我該去洗碗盤了。」

「我、我也是……」

「真受不了。」

就在真奧和蘆屋為了逃避漆原責備般的視線準備起身時。

「魔王大人、東方元帥閣下、路西菲爾大人，打擾了。」

法爾法雷洛、利比科古和西里亞特一同來到寶座大廳的入口。

「嗯？怎麼了？」

三人在這裡當然都是維持馬勒布朗契的姿態，他們各自用馬勒布朗契特有的猙獰手掌，拿著某種看似盒子的物體。

「魔王大人，兩位閣下。」

三名頭目站在榻榻米前面，然後各自將手裡的盒子遞到真奧、蘆屋與漆原面前。

真奧、蘆屋和漆原好奇地看向盒子，在發現那些盒子表面都貼了粉紅色的心形貼紙後，儘管臉上面無表情，但三人的頭上都浮現出問號。

利比科古率先發難。

「魔王大人，聽說在日本有送食物給敬愛的對象，藉此表達心意的習慣。」

「……啊？」

漆原首先皺起眉頭。

「我等馬勒布朗契曾擾亂魔界的安寧並給魔王大人、兩位元帥閣下與卡米歐尚書添了麻煩，但各位仍願意原諒我等，令我等深感敬佩。」

「……嗯？」

蘆屋也因為不懂西里亞特為什麼要說這些話而感到疑惑。

「因此為了重新表達我等的感謝與效忠各位的心意，請各位收下這個。」

「……該不會。」

久違地不曉得該擺出何種表情才好的真奧——

「我可以打開嗎？」

在說完這句話後小心翼翼地打開盒子。

至於關鍵的內容。

首先飄散出來的，是甜膩的可可豆香氣，接著映入真奧眼簾的，是儘管形狀有些扭曲，但看起來充滿心意的心形巧克力。

「咦？」

「這、這是……」

在一旁窺探的漆原和蘆屋，也像是不曉得眼前發生了什麼事情般緊盯著巧克力。

「喂、喂，法爾法雷洛。」

「是的。」

真奧拚命用僵硬的臉擠出笑容問道：

「這該不會……是你們親手做的吧？」

「恕臣冒昧，因為我等聽說親手做比較能傳達誠意。」

「……呃……那真是太感謝了。」

真奧完全不曉得該怎麼表達這股從內心湧出的感情，只能緊張地環視周圍，最後看向梨香剛才留下的人情巧克力的包裝。

就在他開始思考眼前這些長相凶惡到能讓小孩停止哭泣的馬勒布朗契們，為何會想用他們那雙長著猙獰爪子的手做心形巧克力時——

「魔王，你在嗎？」

一陣熟悉的聲音，與大批腳步聲一起湧入寶座大廳。

「嘖。」

「該、該不會。」

鈴乃率領了一大批惡魔進來。

除了蒼角族、鐵蠍族與馬勒布朗契等熟面孔以外，就連小鬼、帕哈洛．戴尼諾族與其他在中央大陸人的掃蕩餘黨作戰中倖存的惡魔們也來了，多達五十幾名的惡魔們一臉緊張地列隊，所有惡魔手上都拿著和法爾法雷洛他們一樣與高大身軀極不搭調的小盒子。

「唔，我說你們幾個。」

鈴乃在發現三名頭目已經先到後，稍微皺起眉頭斥責他們：

「不是說好了要大家一起送嗎？」

「哈，誰叫我們的手比你們靈巧。因為比較早完成，就比較早來送，這哪裡不對了。」

然而利比科古只是稍微聳肩回應，看起來毫不愧疚。

「非常抱歉，因為這傢伙堅持要先來。」

另一方面，法爾法雷洛則是有點尷尬地向鈴乃道歉。

「喂、喂，貝爾，這到底是……」

蘆屋看著眼前的惡魔們傻眼地問道。

「這還用說，當然是人情巧克力啊。」

鈴乃若無其事地如此回答。

「真是的，明明大家說好要一起給你們驚喜，結果居然有人偷跑。」

「呃……這已經遠遠超過驚喜的等級了……」

該不會那些排成一列的惡魔們手上的盒子，全都是親手做的巧克力吧？

從真奧的表情察覺到他內心疑問的鈴乃用力點頭。

「大家都很努力喔。」

「少胡說了！妳到底都讓他們做了什麼！」

「怎麼了？你該不會不想收下可愛的部下們為了感謝你平常的照顧，包含了滿滿忠誠心與愛情的巧克力吧？」

「我、我又沒這麼說……那、那個，我是覺得很感激啦……」

「那就好。那麼，大家好好排隊。魔王大人和元帥們，似乎很樂意收下你們的心意喔。」

「什麼？」

「呃，那個。」

「咦，等等……」

鈴乃一聲令下，被想送巧克力的惡魔們包圍的真奧就發出慘叫，鈴乃露出滿足的笑容——

「哎呀，看見我的主子如此受人敬愛，實在是太令人高興了。」

厚臉皮地如此說道。

「發、發生什麼事了？這到底是怎麼回事？」

「我、我也不知道啊。」

「這下慘了，要是放著不管，魔王軍就大事不妙了……」

惡魔們的手工巧克力愈疊愈高。

每一盒看起來都裝得很滿，試著拿起來看看後，就會發現還頗有分量。

惡魔們離開後，在現場留下了多到彷彿要搬家般的大量盒子，有些盒子甚至還從榻榻米滾落到地上。

真奧、蘆屋和漆原像是對眼前發生的事情感到難以置信，原地愣了好一會兒。

「放心吧，有微苦、牛奶和紅茶三種口味，所以不容易吃膩。」

「不，這分量再怎麼說都一定會吃膩……嗯？」

在說完這句沒勁的吐槽前，漆原發現堆得像小山的人情巧克力上，放了一個用淺綠色包裝紙和金色繩子包裝的盒子。

「然後這是那個……抹茶與和三盆糖口味。總之就是這樣，雖然包含的心意不像魔王軍的忠臣們那麼多，但請你收下吧。」

「……啊？」

「這次完全將你蒙在鼓裡，所以該怎麼說才好，這算是為了表達我的歉意。」

鈴乃嘴上這麼說，但和剛才煽動惡魔時不一樣，她的表情看起來不像之前那麼遊刃有餘。

「……那真是謝啦。喔……我記得和三盆糖是日本的高級砂糖吧。」

真奧仔細端詳鈴乃裝巧克力的盒子——

「關於槍的事情，這次辛苦妳了。妳幹得不錯，真是幫了大忙。」

然後看著放在寶座大廳角落的魔槍說道。

「我會找機會還妳這個人情。對了，話說我是不是應該在下個月回禮？」

「回禮」這個詞讓蘆屋變得臉色蒼白，鈴乃有點驚訝地眨了一下眼睛，接著立刻開心地微笑：

「雖然我只是盡身為魔王軍惡魔大元帥應盡的義務，但既然你都這麼說了，那就請你給我一點獎賞……」

「啊——————！鈴乃小姐！」

一道驚呼傳進寶座大廳震撼室內的空氣，讓真奧等人和鈴乃嚇得縮起身子。

「不是說好要大家一起送嗎？」

「千穗，這也是沒辦法的事情。要是和那麼多惡魔一起來，妳可能會被壓扁。」

「爸爸！巧克力！巧克力！」

千穗、惠美和阿拉斯·拉瑪斯，果然也帶著盒子進來了。

千穗跑過來後，便像剛才的梨香那樣遞給三人一人一個包裝可愛的盒子。

如果只看尺寸，漆原的盒子意外地最大，再來是蘆屋，最後才是真奧。

「漆原先生的是零嘴禮盒，蘆屋先生的是配菜禮盒。」

聽見內容是鹹食，讓漆原與蘆屋稍微鬆了口氣，但這樣只是同時攝取過量的糖分與鹽分，並不會因此就變得比較健康。

「真奧哥的當然是手工的真心巧克力！」

至於關鍵的真奧收到的，果然還是濃縮了甜蜜心意的巧克力。

「謝、謝謝。小千該不會也是自己做的吧？」

由於包裝的外觀明顯與現成商品不同，所以真奧如此問道。

「是的，其實我是和惡魔們一起做的。」

「「咦？」」

千穗的衝擊性告白，讓三位大惡魔異口同聲地發出驚呼。

「千穗是從另一邊帶材料過來這裡做，其中一個惡魔看見後好奇地問了理由，於是便演變成剛才那樣的狀況。」

「真的假的……」

該不會只因為高中女生的一個念頭，就讓情人節的習俗在魔界的惡魔之間傳播開來吧？

就算真的傳開，作為材料的巧克力畢竟只有日本才有，如果惡魔們開始在魔界或安特・伊蘇拉的食材上加入自己的創意，究竟會發展成什麼樣的狀況？

話說回來，真虧那些原本沒有用餐習慣的惡魔們，有辦法理解在情人節送巧克力的概念。

「那些傢伙也開始出現某些變化了嗎？」

「你在嘮叨什麼啊。拿去。」

「…………咦？」

真奧這次真的不曉得遞給自己的是什麼東西，露出困惑的表情。

惠美像是早就知道真奧會有這種反應。

「這不是我送的。是阿拉斯・拉瑪斯親手做的。」

「唔！」

真奧迅速針對這句話做出反應，從惠美手上搶走盒子。

「這、這是阿拉斯．拉瑪斯做的嗎？」

「我有幫忙！」

「阿拉斯．拉瑪斯妹妹很擅長把巧克力倒進心形模型裡喔。」

千穗的解說，讓真奧忍不住露出笑容。

「這、這樣啊……這樣啊啊啊啊！爸爸好高興喔喔！妳已經成長到能完成這種事啦啊啊！謝謝妳，阿拉斯．拉瑪斯！我一定會好好回禮。」

「喔？喔。」

阿拉斯．拉瑪斯似乎還不太懂情人節是什麼，但或許是惠美有幫忙打扮，現在頭髮被綁成側馬尾的她光是被爸爸摸頭，就露出滿足的笑容。

「啊，大家都送得差不多了嗎？真奧，這是我送的。白色情人節時只要回雙倍的禮就行了。」

此時艾契斯偷吃著預定要送給真奧的巧克力走了進來，真奧一面摸阿拉斯．拉瑪斯的頭，一面笑容滿面地——

「妳給我滾回去！」

將艾契斯從寶座大廳轟了出去。

「話說千穗小姐，這樣做真的好嗎？」

「我覺得這應該就是最好的作法了。這樣完全不會對他構成負擔吧？」

「姑且不論心理上會不會造成負擔，對牙齒和體重應該會是很大的負擔。」

鈴乃、千穗和惠美正在魔王城的山腳下吃午餐，同時看著惡魔們和樂融融地分食剩下的巧克力。

惡魔們似乎也能理解巧克力的美味，讓人不禁懷疑他們在生態上是否真的不需要進食。

「現在這樣就行了。」

千穗悠閒地看著眼前的光景，重複了一次自己的回答。

艾美拉達、艾契斯、伊洛恩和惡魔們正針對剩餘的巧克力展開一場爭奪戰，梨香則是在一旁與盧馬克一起吃作為日本土產的煎餅，再稍微往前看，就能發現萊拉與諾爾德正親密地互相交換巧克力，而原本躺在吊床上觀看兩人的加百列，也在不知不覺間進入夢鄉。

惠美從後面眺望那幅光景，稍微垂下頭低喃：

「現在這樣就行了嗎？」

「遊佐小姐？」

「……沒事，沒什麼。」

現在這樣就行了。

這才是自然的型態。

在前不久還完全無法想像的，自然的風景。

「現在這樣就行了吧。」

當天晚上。

在空無一人的魔王城寶座大廳內的三坪大空間，眾多惡魔白天送的人情巧克力在被爐上堆得像面巨大的磚牆。

由於分量多到不管是要吃掉還是帶回笹塚都無法馬上解決，因此大概是蘆屋將那些巧克力稍微整理成現在這個樣子。

梨香、鈴乃和千穗的巧克力包裝的規格與其他惡魔不同，所以被另外擺在旁邊，但看起來還是不太可能在今天就立刻吃掉。

「……」

惡魔們送的盒子堆成了一座小山，某人輕輕在上面放了一個盒子。

用千穗帶來的心形貼紙與十個一組的厚紙板盒包裝起來的，是簡單的巧克力。

「我並不是想讓你高興。」

聽見這句低喃的，就只有堆積如山的巧克力。

「只是覺得若是人情巧克力，那也未嘗不可，至少現在是如此。」

不曉得說給誰聽的藉口在寶座大廳內消散，過不久放下最後那個盒子的訪客氣息，也消失在陷入沉眠的夜巷當中。

終章

「呼啊啊啊！好累喔喔喔喔！」

將大波士頓包丟到床上後，徹底鬆懈下來的千穗倒在自己房裡的床上。

連續五天往返異世界果然很累。

不巧的是母親這五天都在家，沒有預定外出，所以在安排行程時，她必須先讓自己在家裡逗留到不會引人懷疑的時間，支爾格發生的許多事情也讓她吃了不少苦頭。

不過這一切後來都有了回報，她順利將巧克力交給真奧，亞多拉瑪雷基努斯的魔槍也順利回到魔王軍手中。

此外她還從那些雖然最近逐漸變得親近、但在精神層面上仍是令人憧憬的異世界戰士們那裡獲得了最高級的稱讚，最重要的是——

「呵呵……嗚呵呵呵呵。」

千穗將臉埋進枕頭裡，回想奉射之儀結束後差點跌倒時，被真奧抱住的事情。

「呵呵呵呵呵呵。」

真奧第一次叫她的名字。

剛進麥丹勞時，他都是叫她「佐佐木小姐」。

之後就一直是「小千」。

雖然是連姓氏一起叫，但她第一次被真奧叫「千穗」。

「嗚呵呵呵呵呵呵呵呵呵。」

心裡充滿喜悅、害羞和自豪的千穗在床上滾了好一陣子，然後才像是猛然回神般起身——

「好，差不多該收拾行李了。」

開始拿出波士頓包裡的東西。

雖然她沒在安特．伊蘇拉留宿，但仍是前往陌生的土地旅行，除了外套和換洗衣物外，她還帶了不少可能會用到的東西。

「不過最後除了數位相機以外，其他東西都沒用到。」

千穗看著幾乎沒碰過的毛巾與換洗衣物苦笑。

大部分的必需品，已經習慣日本生活的鈴乃和諾爾德都事先準備好了，至於其他物品，迪恩．德姆．烏魯斯和艾伯特也準備得滴水不漏。

「但相對地數位相機有確實派上用場，所以沒關係。我拍了不少照片呢。」

千穗沒有出國旅行過，待在魔王城附近時，為了避免給其他人或惡魔添麻煩，她從來沒有

離開魔王城超過三百公尺。

因此看在千穗眼裡，在日本絕對體驗不到的菲恩施的文化、風俗、氣候、語言、人種和動物都顯得非常新鮮。

「不過如果把菲恩施的照片洗出來，不曉得會不會造成問題？」

不如說在日本時，惡魔和天使對千穗而言都是非常親近的存在，雖然伊蘇拉·聖特洛的魔王城和各式各樣的惡魔都讓她感到驚訝，但千穗還是沒什麼身在異世界的感覺。

因此到了菲恩施後，千穗首次實際體會到原來「門」的另一端，真的是有數不清的陌生人在生活的「異世界」。

整理完行李後，千穗開始檢查數位相機裡的照片。

「只要沒拍到地球上不存在的生物就沒關係吧。」

安特·伊蘇拉人的外表就算說是其他國家的人也不會顯得不自然，因此千穗判斷除了一時衝動拍下來的那隻像大象那麼大的山羊以外，其他照片只要不積極地給許多人傳閱就不會有問題。

「呵呵，老奶奶當時嚇了一跳呢。」

檢查到一半，千穗在看見拜託萊拉幫忙攝影的與迪恩·德姆·烏魯斯的合照時露出微笑。

千穗第一次和迪恩·德姆·烏魯斯見面，是在亞多拉瑪雷基努斯的魔槍面前的菲恩施中央議事堂的議長室。

當時迪恩・德姆・烏魯斯很自然地對號稱「異世界人」的千穗起了疑心。

畢竟看在安特・伊蘇拉人眼裡，千穗感覺就是隨處可見的普通人。

由於身在即使不攝取保力美達β也能補充聖法氣的環境，因此就算不用手機，千穗也能輕易發動概念收發（idea-link）跨越語言障礙。

當時她拿出的東西，就是這臺數位相機。

對連銀版攝影都沒有的安特・伊蘇拉來說，能夠在瞬間描繪出完美寫實畫的道具相當有說服力。

迪恩・德姆・烏魯斯仔細端詳了液晶螢幕好幾次後，才終於放棄懷疑接受現實。

※

「活久一點真的會遇到許多事呢。居然連來自異世界的小姑娘都要參加支爾格了。」

將數位相機還給千穗後，迪恩・德姆・烏魯斯深深嘆了口氣。

「萊拉、蘭卡的小子、迷你鐮、海瑟。」

迪恩・德姆・烏魯斯快速掃了陪千穗來到北大陸的四人一眼。

「我想單獨和這女孩聊聊，請你們暫時離開一下。」

「咦？」

「可是……」

「迪恩·德姆·烏魯斯大人，這有點……」

萊拉、盧馬克和鈴乃都嚇了一跳，只有艾伯特默默地起身。

「鈴乃小姐、萊拉小姐、盧馬克小姐，請不用替我擔心。」

千穗也催促三人配合迪恩·德姆·烏魯斯的指示。

「被你們這樣看著，我和這女孩都無法說出真心話。她不是戰士吧？就算我相信她是異世界人，她也有可能是被你們這些外表可怕的傢伙逼來的。」

「里德姆！」

儘管萊拉對這個極端的說法表示抗議，但反正最後還是得將千穗交給烏魯斯氏族照顧，因此鈴乃也下定決心和艾伯特一起將萊拉拖了出去。

議長室內的暖爐持續發出柴火爆裂的聲音，站在辦公桌前的千穗，一想到自己正獨自面對負責管理安特·伊蘇拉五大陸的其中一塊大陸的大人物，就開始感到有點緊張。

「放輕鬆點，不過就算我這麼說也沒用吧。妳是叫千穗吧。」

「是、是的。」

「他們說的那些話，實際上到底有哪些是真的。」

「咦？」

「希望妳別因此感到不快。在我看來，妳實在不像迷你鐮和萊拉說的那樣，是能任意擺布魔王撒旦與勇者艾米莉亞的大人物。說妳是完全不懂世間疾苦的天真貴族大小姐，我還比較能夠接受。」

聽見自己能任意擺布魔王與勇者，千穗開始納悶鈴乃等人究竟是如何介紹自己。

迪恩・德姆・烏魯斯沒給被說得很難聽的千穗思考的機會，馬上接著說道：

「不過海瑟和蘭卡的小子在工作方面都值得信賴，他們不可能推薦沒用的人。所以我才搞不懂。」

迪恩・德姆・烏魯斯在說話的同時起身。

明明她的身材比千穗嬌小，千穗卻覺得自己彷彿看見一座大山在移動。

「簡單來講，妳到底是那些傢伙，是艾米莉亞他們的什麼人？」

「我……」

千穗感覺自己彷彿在接受一場打工的面試。

雖然不曉得迪恩・德姆・烏魯斯問這個問題的真意，但依照千穗的性格，她無法在這種場合選擇蒙混或說謊。

於是她坦白回答。

「是他們的朋友。」

「喔？朋友？」

「是的。朋友。我只能這麼說。」

迪恩·德姆·烏魯斯像是被這個答案嚇到般睜大了眼睛，以為自己被懷疑的千穗連忙補充道：

「我很清楚安特·伊蘇拉在兩年前發生了哪些事。雖然這麼說可能會讓迪恩·德姆·烏魯斯大人感到不悅，但就算有人問我為何會和安特·伊蘇拉扯上關係，我也只能說因為我和艾米莉亞小姐和魔王撒旦成了朋友。」

「和艾米莉亞與魔王撒旦成了朋友。妳真的知道朋友這個詞是什麼意思嗎？」

「一起吃飯、一起去哪裡玩、一起工作、一起做飯，或是一起聊些無關緊要的話題，我、艾米莉亞小姐和撒旦先生，一直都是過著這樣的生活。」

「那還真是……令人驚訝。」

迪恩·德姆·烏魯斯重新戴好單邊眼鏡，驚訝地說道。

「不過我總是給艾米莉亞小姐與撒旦先生添麻煩並受到他們的保護，完全幫不上他們的忙。所以難得這次鈴……啊，克莉絲提亞·貝爾小姐和萊拉小姐願意給我這個機會，我希望能夠好好努力！」

「……等等，稍等一下。對我這種上了年紀的人來說，妳說的事情都太新奇了，讓我有點跟不上。」

之後迪恩・德姆・烏魯斯又問了幾個問題，千穗也一一誠實回答。

迪恩・德姆・烏魯斯一開始還像是在試探千穗，但從中途開始，就單純只是基於興趣詢問惠美、鈴乃和真奧在異世界的生活，千穗也改成用平常的方式稱呼惠美和真奧，最後兩人聊到萊拉亂扔東西的毛病至今都沒有改善。

「哎呀，我收回之前說妳是天真貴族那句話。妳經歷過的驚險場面，搞不好比普通的騎士團加起來還多。」

「我從來沒有靠自己的力量跨越過任何危機，每次都是受到遊佐小姐、真奧哥或鈴乃小姐的幫助。」

「雖然謙虛是種美德，但這樣可是贏不了參加支爾格的那些愛出風頭的傢伙喔。儘管迷你鐮和萊拉說得好像只有射箭儀式是重頭戲，但既然要讓我推薦，就得請妳好好發揮足以說服魔王撒旦答應自己請求的強悍了。」

「別……別再提這件事了啦！啊，這表示！」

兩人聊到一半，迪恩・德姆・烏魯斯就看穿千穗對真奧抱持的感情並藉此戲弄她，不過剛

才那句話，同時也表示迪恩・德姆・烏魯斯已經答應推薦千穗參加支爾格。

「比起為了拯救世界與人類，還是想為喜歡的心上人或好友出力的人更值得信任。我就答應成為妳的監護人，推薦妳參加支爾格吧。」

「謝、謝謝您。」

之前只有佳織和母親會毫不留情地正面揭穿千穗的心意，所以千穗突然從稱真奧為千穗「心上人」的迪恩・德姆・烏魯斯身上感覺到一股親近感。

不過就在下一個瞬間，迪恩・德姆・烏魯斯突然露出嚴肅的表情轉向千穗。

「我要問妳最後一個問題。雖然萊拉和迷你鐮或許還沒想到這麼遠，而海瑟和蘭卡的小子就算知道應該也不會告訴你，但我還是必須先跟妳確認一件事。我希望妳能先知道這件事，再決定要不要參與他們的計畫。如果妳聽了之後想打退堂鼓，就老實告訴我。到時候我會說是我拒絕妳，妳可別因為害怕他們而逞強喔？」

「好、好的。」

「我聽說你們打算討伐月亮上的神明。如果你們贏了，現在遍布全世界的聖法氣可能會消失。如果沒有聖法氣，我們安特・伊蘇拉人就無法使用法術。到這裡妳都還能理解吧？」

「……是的。」

「妳這次打算借用萊拉的力量，靠自己的箭術取得魔槍。妳的箭術將會透過支爾格，被許多人看見。」

「是的。」

「在不遠的未來，弓箭將會被運用在戰場上，妳的箭術愈是優秀，到時候就會有愈多人因為箭術喪命。這樣妳還是要參加嗎？」

千穗的表情沒有出現變化，以為千穗還沒理解狀況的迪恩．德姆．烏魯斯接著說道：

「一旦失去法術這種方便的遠距離攻擊手段，之後會在戰場上活躍的，一定就是以妳的箭術為範本的技術。這次的支爾格，或許會改變安特．伊蘇拉戰爭的傾向。關於這點……」

「沒關係。」

但千穗沒等迪恩．德姆．烏魯斯說完，就直接打斷她。

「妳說沒關係？」

「是的。沒關係。我在支爾格射箭，和箭術將在不遠的將來被運用在戰場上，是毫無關連的兩件事。」

千穗光明正大地回應圍欄之長的疑問。

「因為迪恩．德姆．烏魯斯大人已經知道了一切，不管我參不參加，為了烏魯斯氏族與北大陸的未來，您從今天開始就會馬上推動箭術的發展吧？」

「……」

「盧馬克小姐和東大陸的人們也一樣。雖然他們因為率先參加這場滅神之戰承受了不被其他國家理解的辛勞，但他們也因此能夠早其他國家一步擬定各種對策。我沒傲慢到認為自己的力量能夠改變世界。即使在遙遠未來的戰爭中使用的力量，是源自於我的箭術，到時候該如何使用那股力量，也是到時候擁有力量的人們該自己負責判斷的事情。而且……」

千穗微笑地說道。

「我必須在這次的支爾格，成為真奧哥、遊佐小姐與阿拉斯・拉瑪斯妹妹的力量。現在不是因為這個舉動可能改變世界就退縮的時候。迪恩・德姆・烏魯斯大人剛才不是也說『比起為了拯救世界與人類，還是想為喜歡的心上人或好友出力的人更值得信任』嗎？」

千穗端正姿勢，毅然地說道：

「所以我要參加支爾格。」

「……真是令人驚訝。」

迪恩・德姆・烏魯斯愣了一會兒後，開心地笑道：

「看來我也太過依賴碎片的力量，讓自己看人的眼光生鏽了。」

接著她首次在千穗面前摘下單邊眼鏡，指向上面的紫色碎片。

「裝在這個眼鏡上的碎片，能透過顏色讓我知道對方說的是不是真話。可是能知道的也只有對方是否說謊，無法應付將謊言信以為真的傢伙，但如果有人隱藏自己的恐懼說出自不量力的話，這副眼鏡馬上就會告訴我。然而正因為我過於依賴這種方便的力量，才會看漏了妳從一開始就展現出來的勇氣之光。」

笑著走回辦公桌的迪恩・德姆・烏魯斯，拿起一份文件。

「天真的貴族大小姐？我還真是說了蠢話。迷你鐮這次真的是搬出了不得了的王牌。妳比艾米莉亞還有勇者的器量。」

迪恩・德姆・烏魯斯隨手將單邊眼鏡收進懷裡，用自己的眼睛筆直看向千穗。

「很遺憾妳不是我真正的孫女。千穗・佐佐木・烏魯斯。」

「謝謝您，里德姆奶奶。」

千穗朝統率這塊連魔王軍的混亂歷史都能一併接受的大陸的偉大首長，深深行了一禮。

※

雖然當時誇下了那樣的海口，但被提到自己的行動可能影響安特・伊蘇拉的未來時，千穗確實動搖了。

或許迪恩・德姆・烏魯斯其實也看穿了那份動搖。

可是即使如此，千穗就是因為回答了那個問題，才能被推薦參加支爾格，千穗覺得下次與

迪恩．德姆．烏魯斯談話時，彼此或許能更加敞開心扉。

迪恩．德姆．烏魯斯曾親眼見證漫長的歷史，並以宏觀的眼光治理過許多人，千穗想聽她訴說幫助最喜歡的人，以及一個人的行動或許會改變世界，究竟代表什麼意義。

「真不可思議。」

迪恩．德姆．烏魯斯明明不到一百歲，但看在千穗眼裡，感覺她比那些活了幾百或甚至幾千年的惡魔與天使們還要了解這個世界。

是因為千穗也是活不了超過一百歲的人類。

還是彼此對時間的感覺不同呢。

「……」

若是如此，那自己果然無法和真奧走過相同的時光吧。

即使順利與真奧在一起，自己總有一天會變老，但真奧會一直維持年輕的姿態。

到時候自己與真奧，在生物的意義上是否能共有相同的感覺呢？

應該沒辦法。

或許打從一開始就不可能辦得到。

輕易導出這個答案時，千穗瞬間感到有點頭暈。

動物與人類的壽命相差愈大，對一年的感覺就愈不相同，同樣是時間的流逝，千穗的印象和真奧的印象可以說是截然不同。

萊拉與諾爾德一直懷抱著這樣的苦惱，至今也仍在未找到答案的情況下活著。

不過從迪恩．德姆．烏魯斯的話來看，時光在萊拉身上流逝的速度遠比普通人緩慢，甚至可以說是悠然。

真奧對時間的感覺又是如何呢？

不斷被推延的回答。

看不見的未來。

自己一定會比最喜歡的人還早逝去。

這種事實在太討厭了。

「啊。」

一倒在床上，窗外的月亮就正好映入千穗的眼簾。

「想變得不老不死，就是這種感覺嗎？」

就在這股漆黑到連區分正邪都沒有意義的深邃想法貫穿千穗內心的某個角落時。

「嗯？」

窗戶突然響起像是被重物撞到的巨大聲響，讓千穗嚇得跳了起來。

某種柔軟又沉重的球狀物體在撞上窗戶玻璃發出巨大聲響後，開始往下掉。

與此同時——

「剛才……那是？」

千穗體內的聖法氣，從周圍感覺到奇妙的騷動。

不過比起原因，她得先確認窗戶有沒有壞掉，以及窗戶到底是被什麼撞到。

「千穗！剛才那聲巨響是怎麼回事！」

樓下傳來母親的聲音。

「我不知道！好像是有類似球的東西撞到窗戶……我去看一下！」

千穗大喊完後，戰戰兢兢地打開被某種東西撞到的窗戶。

雖然幸好玻璃沒破，但還是明顯留下了被某種東西撞到的痕跡。

「到、到底是什麼……嗯？」

千穗發現自己戰戰兢兢打開的窗戶邊緣似乎卡了什麼東西，她仔細凝視——

「羽毛？」

然後發現是黑色的鳥羽毛。

「怎麼回事，該不會是有烏鴉之類的東西沒注意到玻璃，結果不小心撞到吧。」

雖然現在天色並沒有亮到能讓烏鴉出來飛，但千穗還是皺起眉頭從窗戶往下看，結果發現在不算寬廣的庭院正中央，多了一個大小和籃球差不多的黑色陌生物體。

就在千穗心想「果然是被晚上看不見的烏鴉撞到」時，一道聲響……不對，是說話聲傳進她的耳裡。

「唔唔唔………嗶…………」

她對這個聲音有印象。

與內容極不搭調的沙啞嗓音，以及黑色羽毛的鳥。

「……嗯嗯嗯？」

千穗甚至忘記呼吸倒抽了一口氣，表情因此變得苦悶的她放著敞開的窗戶不管，慌張地跑下樓。

「哇，千穗？怎麼了？」

千穗沒有回應母親從客廳傳出的呼喚，直接衝出玄關跑進院子裡。

然後在庭院中央掙扎的……

「卡、卡米歐先生？」

不是黑色的雞，而是看起來像那種生物的惡魔。

「妳……妳是誰……嗶……嗶……」

曾出現在銚子海岸、在魔王軍裡資歷最深、且曾扶養過魔王撒旦的大惡魔——帕哈洛・戴尼諾族的惡魔大尚書卡米歐，不知為何撞上千穗房間的窗戶掉進庭院，最後還失去力量變成雞

的型態。

「振作一點！到底發生什麼事了？總、總之先進我的房間……咦？」

千穗本來想抱起無力地癱倒在地的卡米歐，但在手摸到某種溫熱的東西後瞬間板起臉。

將手伸向隱約照進庭院裡的路燈燈光後，千穗發現手上沾到的是血。

看來卡米歐身負重傷。

「得、得幫你治療才行……卡米歐先生，振作一點！」

「嗚、呃，雖然不曉得妳是誰，但非常感謝，嗶……」

卡米歐的聲音微弱到彷彿隨時會中斷。

雖然不曉得卡米歐是不記得千穗、晚上看不清楚，還是傷口讓他的意識變得朦朧，總之千穗大為動搖。

而且試著抱起卡米歐後，千穗才發現一整隻雞意外地又大又重，讓她擔心能否在不被母親發現的情況下帶回房間。

此外即使想幫他治療，按照過去的經驗，治療惡魔時需要魔力，但現在真奧、蘆屋和漆原等人都在安特·伊蘇拉的魔王城，無法立刻趕回這裡。

不曉得一般家庭的急救箱能不能派上用場。

雖然印象中最近有聽說過惡魔原本是人類，但這不管怎麼看都是雞，或者該說是真正的鳥人，千穗因為陷入恐慌而開始胡思亂想。
「怎、怎麼辦，不曉得媽媽是不是回客廳了。」
「嗚、呃……嗶……」
「沒、沒辦法了！要是情況真的不妙，就只能打電話給附近的獸醫……」
儘管稍微煩惱了一下，但由於卡米歐已經虛弱到只能「嗶嗶」叫，因此千穗下定決心要返回家裡。
不過就在千穗準備從玄關大門偷看家裡的狀況時，她發現玄關站了一個意外的人物。
「不好意思，我讓妳媽媽睡著了。總之先燒些熱水，就算不乾淨也沒關係，盡可能多拿點毛巾過來。」
「天禰小姐？」
站在那裡的，是看起來睡眼惺忪，臉上殘留平常看不見的被放下的長髮壓出的痕跡，穿著皺巴巴的襪子搭配灰色汗衫與黑色長羽絨外套，感覺就像是原本悠閒地待在家裡卻被臨時叫出來的大黑天禰。
「為、為什麼？什麼時候？妳怎麼進去我家的？」
「我感應到小加為了保護這裡設下的機關在約三十秒前出現奇怪的反應於是就從千穗房間開著的窗戶跑進來了。」

一口氣回答完後，天禰從千穗手中搶走卡米歐。

「去洗一下手吧。這是擁有魔力的血，或許會對身體造成不好的影響。保險起見，還是喝一點之前那個飲料比較好。」

「啊，好、好的。」

丟下這句話後，天禰就粗魯地把卡米歐帶到二樓。

千穗稍微愣了一會兒，但馬上就回過神衝進洗手間，仔細洗掉手上的血。

「……在睡覺。」

母親坐在客廳的沙發上，像剛上完夜班的父親般開著電視睡著了。

瞬間感到有點不安的千穗將耳朵湊近到母親面前，但母親熟睡中的呼吸聲聽起來沒什麼問題。

就在千穗從洗手間拿出毛巾，將水壺裝滿水放上瓦斯爐，焦急地等待水煮開時。

「呀？」

二樓突然傳出某種重物掉到地板上的聲音，讓千穗嚇得稍微跳了起來。

因為就連衣櫃倒下都不會發出那麼誇張的聲音，千穗沒關火就直接衝上二樓。

「天、天禰小姐……」

千穗一衝進自己的房間，就因為目擊了不得了的狀況而當場僵住。

天禰用手抓住某樣從千穗開著的窗戶刺進來的物體前端。

那是一把分成三叉的長槍，天禰表情嚴肅地瞪著窗外，手上不斷流出鮮血。

「放心吧。對方好像已經逃走了。」

天禰一面如此回答——

「……唔呃嗶……」

一面用另一隻手粗魯地拎著卡米歐，她的雙手沾滿鮮血，看起來十分血腥。

「嗯、嗯……那個，妳的手沒事吧？」

「晚點給我一張ＯＫ繃吧。」

雖然千穗不覺得那個傷口能靠ＯＫ繃解決，但天禰面不改色地看向滴著鮮血的槍尖說道：

「這下麻煩了。如果對方採取這種手段，那就算全速趕來也來不及。雖然這次被盯上的是這隻雞不是千穗妹妹，但看來得重新考慮一下這附近的防衛措施了。」

天禰本來想將三叉槍拉進房間裡，但由於槍身比房間的對角線還長，因此她拉到一半就放棄了。

「哼，居然還搬出這麼懷舊的武器。反正一定又是來自那個叫天界的地方，妳對這東西有印象嗎？」

「有。」

千穗表情嚴肅地點頭。

模仿火焰，前端分成三叉的巨大長槍。

這是曾襲擊笹幡北高中的質點守護天使，卡邁爾的長槍。

「不過我記得這把槍之前應該已經被真奧哥和艾契斯在安特·伊蘇拉破壞了。」

「妳也知道對方是具備社會性的普通生物吧。雖然講好聽點是神器或傳說中的武器，但只要當初製作的傢伙有留下設計圖、素材、製作方法和加工場，就能進行修理或造一把新的出來……話說妳有沒有聽見什麼奇怪的聲音？」

「糟糕！我忘了關煮水的火！」

隱約聽見水壺傳出尖銳沸騰聲的千穗倒抽了口氣，慌張地趕回樓下。

「真搞不懂千穗妹妹對『糟糕』的標準。」

明明能夠冷靜觀察從外面飛進來的異形凶器，卻一聽見水煮開的聲音就變得慌張，天禰對這樣的千穗露出苦笑，然後交互看向自己雙手拿著的東西皺起眉頭。

「那個叫魔界的地方，究竟發生了什麼事？」

天禰知道這隻黑色的雞在安特·伊蘇拉的惡魔中算是一位重要人物。

既然那個重要的惡魔以這種姿態出現在日本，不難想像一定發生了什麼緊急狀況。

「啊～真麻煩！幹不下去了！跟我沒關係！要鬧就在那邊鬧！別跑來這裡啦！」

雙手分別拿著全身是血的雞惡魔與巨大凶器的質點末裔喊出的短歌——

「……魔王大人……在下沒臉見您……嗶……」

僅僅只傳進了理應在魔界指揮惡魔們尋找最後的諾亞齒輪——阿斯特拉爾之石的卡米歐的耳中。

—完—

作者，後記 — AND YOU —

我曾經聽過一種說法，那就是情人節最該被感謝的，就是第一個想出人情巧克力的人。

雖然有勇氣送愛慕對象真心巧克力的人並不多，但如果是基於日常交往的人情送簡單的巧克力給別人，感覺就沒那麼困難。以此為藉口，懷著各種想法買巧克力的人當然也會增加。

據說現在光二月十四日當天的巧克力消費量，就占日本國內巧克力市場全年的兩成。

由於可能牽涉到廢止虛禮（註：一種提倡應減少浮誇贈禮的主張）和職場騷擾，因此聽說近年的職場人情巧克力有變少的趨勢，但正因如此，現在情人節應該已經恢復原本的功能，讓真正有愛慕對象並想要告白的女性，或是想基於日常的人情送巧克力的人們能在懷抱真心的情況下送禮了吧。

像這樣回顧情人節的歷史後，反而會忍不住覺得以前制訂白色情人節的人們在最後還是失算了。

過「白色情人節」的風潮，是發源於日本。

關於情人節的由來和起源諸說紛紜，最遠可以追溯到羅馬帝國時代，但日本的全國飴菓子工業合作協會，是在一九八〇年將每年的三月十四日訂為「白色情人節」。

雖然無法確定是哪間店最早販賣用來回覆情人節的點心，但總之是點心業界「替已經被全球普遍承認的情人節訂一個回禮的日子吧」的想法，創造了白色情人節這個節日。

傳統上若喜慶時收到禮物，之後必須回禮一半或三分之一，由此可知日本從以前就有單方面受禮不僅有違禮儀，還會讓人感到坐立不安的風俗。

所以不難理解為何會想制訂一個回禮的日子，但不知何時開始有人提倡「白色情人節的回禮必須三倍奉還」這種連能幹銀行員都會嚇一跳的神祕習慣，導致有些人認為收到巧克力後，就該用首飾等一般禮物來回禮。

全飴協是製作飴菓子的公司——換句話說就是糖果公司的業界團體。他們原本想讓大家用送巧克力的方式來回覆情人節，將白色情人節塑造成「送糖果的日子」，但我從來沒看過三月十四日糖果銷售量大漲的新聞，這表示他們當初的目的並未順利達成吧。

儘管偶爾會出現將情人節評論為「點心業界陰謀」的扭曲意見，但仔細追本溯源後，就會發現其實白色情人節才是發祥於點心業界的策略。

姑且不論是不是陰謀，世上的所有習俗都是先由某人順應當時的情勢、氣候、地區和風俗想出或做出某種行為，再被許多人模仿後才會開始萌芽，之後隨著時間經過發生多次變遷，在最後演變成現代的狀況。

所以習俗現在仍會隨著情勢、氣候與地區性等影響一點一點地變化，並可能在遙遠的未來變成完全不同的東西或徹底斷絕。

即使只是細微的想法與行動，還是有可能在將來影響許多人的生活方式與習慣，本書《打工吧！魔王大人》第十六集，就是這樣的故事。

就算不用蝴蝶效應這種誇張的詞彙，不論直接或間接，人類只要活著這個世上，就一定會產生細微但確實的影響。

雖然想改變已經在全世界確立的習慣並非易事，但不論人們希不希望，「世界」在這個瞬間依然一點一點地持續變遷。

希望這個一群人在變遷的漩渦中掙扎地尋找自己道路的故事，這次也能讓大家看得愉快。

那麼我們下集再會！

Kadokawa Light Novels

騎士保母與怪獸幼兒園 1 待續

Kadokawa Fantastic Novels

作者：神秋昌史　插畫：森倉 円

帥氣騎士奉命到幼兒園擔任護衛……
實際工作內容竟是照顧怪獸小孩的保母!?

接下魔族幼兒園護衛工作的德爾克，不知為何成了孩童們的老師！唸故事書（魔法書）召喚出大惡魔；音痴海妖唱的歌也造成大混亂！迪亞瑪特（龍之女王）的母親則是有點太溺愛孩子……這是一部養育怪獸的戀愛喜劇！

NT$180/HK$55

台灣角川

公爵千金是
62歲
騎士團長的
嫩妻
筧千里 SENRI KAKEI
插畫 ひだかなみ NAMI HIDAKA
1
Kadokawa Fantastic Novels

Kadokawa Light Novels

轉生成
自動販賣機的我
今天也在
迷宮徘徊
Author 昼熊
Illustration 加藤いつわ
01
Kadokawa Fantastic Novels

轉生成自動販賣機的我今天也在迷宮徘徊 1 待續

Kadokawa Fantastic Novels

作者：昼熊　插畫：加藤いつわ

自動販賣機×怪力少女
兩人（？）的冒險之旅啟程——！

被捲入一場意外的我，醒來後發現自己佇立在陌生的湖畔，身體完全無法動彈。慌忙之下移動視線，透過湖面倒影發現一個完美的四方體——看來，我似乎變成一台「自動販賣機」了……！在無法自力行動的狀態下，我有辦法在異世界的迷宮存活下去嗎……

台灣角川

NT$200/HK$60

Kadokawa Light Novels

八男？別鬧了！ 1~8 待續

Kadokawa Fantastic Novels

作者：Y.A　插畫：藤ちょこ

威德林總算和五名未婚妻完婚
艾爾卻因失戀錯過相親大會！

「卡露拉介紹未婚夫」事件為迷戀卡露拉的「騎士」艾爾的精神，帶來了致命、毀滅又壓倒性的傷害，即使用了艾莉絲的祕傳魔法，還是無法讓艾爾恢復。另外，威德林總算順利和五名未婚妻結婚。他們卻在訪問鄰國阿卡特神聖帝國時被捲入政變……

各 NT$180~220/HK$55~68

台灣角川

Kadokawa Light Novels

異世界和我，你喜歡哪個？ 1 待續

Kadokawa Fantastic Novels

作者：暁雪　插畫：へるるん

「說不定現實女性其實也沒那麼糟」系
戀愛喜劇放閃登場！

我市宮翼是個渴望到異世界開後宮的高中生，某天我發現班上第一美少女鮎森結月也是「異世界廚」。就在我們聊完異世界的回家途中，我被傳送到進行異世界轉生手續的地方——然而我的「點數」不足以轉生，於是我又回到了現實世界，開始集點生活……

台灣角川

NT$190/HK$58

國家圖書館出版品預行編目（CIP）資料

打工吧!魔王大人 / 和ヶ原聰司作 ; 李文軒譯. --
初版. -- 臺北市 : 臺灣角川, 2017.04-
冊 ; 公分
譯自 : はたらく魔王さま!
ISBN 978-986-473-603-4(第16冊 : 平裝)

861.57 106002825

Kadokawa
Fantastic
Novels

打工吧！魔王大人 16

（原著名：はたらく魔王さま！16）

2017年4月27日　初版第1刷發行

作　　者：和ヶ原聡司
插　　畫：029
日版設計：木村デザイン・ラボ
譯　　者：李文軒

發 行 人：成田聖
總 編 輯：蔡佩芬
主　　編：吳欣怡
文字編輯：黎夢萍
資深設計指導：黃珮君
美術設計：黃永漢
印　　務：李明修（主任）、張加恩、黎宇凡、潘尚琪

發 行 所：台灣角川股份有限公司
地　　址：105台北市光復北路11巷44號5樓
電　　話：（02）2747-2433
傳　　真：（02）2747-2558
網　　址：http://www.kadokawa.com.tw
劃撥帳戶：台灣角川股份有限公司
劃撥帳號：19487412
法律顧問：寰瀛法律事務所
製　　版：尚騰印刷事業有限公司
ＩＳＢＮ：978-986-473-603-4
香港代理：香港角川有限公司
地　　址：香港新界葵涌興芳路223號
　　　　　新都會廣場第2座17樓 1701-02A室
電　　話：（852）3653-2888